国际大奖童书系列

玻璃孔雀

[英] 依列娜·法吉恩 著
宗端华 译
廖国强 审译

南京大学出版社

图书在版编目(CIP)数据

玻璃孔雀 / (英) 依列娜·法吉恩
(Eleanor Farjeon) 著；宗端华译 . —— 南京：南京大
学出版社, 2017.5
（国际大奖童书系列）
ISBN 978-7-305-18034-7

Ⅰ . ①玻… Ⅱ . ①依… ②宗… Ⅲ . ①儿童小说 – 中
篇小说 – 英国 – 现代 Ⅳ . ① I561.84

中国版本图书馆 CIP 数据核字 (2017) 第 037598 号

出版发行 / 南京大学出版社
地　　址 / 南京市汉口路 22 号　　　　　邮　　编 / 210093
出 版 人 / 金鑫荣　　　　　　　　　　丛书策划 / 石　磊
项目统筹 / 游安良　　　　　　　　　　丛书主编 / 刘荣跃　刘文翔

丛 书 名 / 国际大奖童书系列　　　　　书　　名 / 玻璃孔雀
著　　者 / 【英】依列娜·法吉恩　　　译　　者 / 宗端华
责任编辑 / 邓颖君　　　　　　　　　　审　　译 / 廖国强
特约编辑 / 方丽华　　　　　　　　　　编辑热线 / 025-83597572
美术编辑 / Chloe　　　　　　　　　　责任校对 / 朱　丽
内芯插画 / 肚　子
印　　刷 / 深圳市鹰达印刷包装有限公司
开　　本 / 700×1000　　 1/16
印　　张 / 5.5　　　　　　　　　　　字　　数 / 90 千字
版　　次 / 2017 年 5 月第 1 版　　2017 年 5 月第 1 次印刷
书　　号 / 978-7-305-18034-7
定　　价 / 19.80 元

网　　址 / http://www.njupco.com
官方微博 / http://weibo.com/njupco
官方微信 / njupress
销售咨询热线 / 025-83594756

　　小时候，我家有一间屋子，我们把它叫作"小书房"。实际上，家里的每一间屋子，都可以称为书房。

　　楼上的育儿室里放满了书。楼下爸爸的书房里全都是书。饭厅墙壁上排列着一排一排的书。墙上放不下，就摆放到妈妈的起居室墙上，最后一直摆放到卧室里。有书读没衣穿，比有衣穿没书读的日子过得更正常。没有书读，就像没有饭吃一样不正常。

　　家里的房间中，只有小书房全部用来放书，犹如一座无人照看的花园，任里面长满鲜花与荒草。小书房里的书胡乱堆放着，给人一种凌乱的感觉。在餐厅、书房和育儿室里，书籍都分门别类，摆放得井然有序。唯独小书房里像挤满了一大群形形色色的流浪狗和流浪汉，仿佛是被楼下排列整齐的书架遗弃的孤儿，又像爸爸从杂货店里批发回来的一包包多余物件。里面有很多垃圾，但更多的是财富；既有社会闲杂人员，也不乏名门望族。一个孩子，从来没人阻止他徜徉于这些书籍之中，简直像中了彩票一样幸运。小书房四处落满灰尘，窗户从来没有打开过。夏日的阳光透过玻璃窗照进去，形成一道浑浊的光柱，光柱里金粉闪烁，熠熠生辉。阳光打开了魔幻般的窗扉。从窗口望进去，我看到了不同的世界和时空：那里充满了诗歌、散文、现实与幻想。那些书有旧剧本和历史书，有古老的骑士文学，有神话传说和传奇故事，还有所谓的文学精品。一本叫《佛罗伦萨之夜》的书令我十分着迷，另一本叫《霍夫曼的故事》的书，却把我吓得够呛。还有一本《琥珀女巫》，里面的女巫一点儿不像我所喜欢的童话故事里那样的女巫。

书架达到墙的一半高，窄窄的架子上塞满了各式各样的读物。书架顶上横七竖八地码着一摞摞书，几乎碰到天花板。地上也堆满了书，你得从上面跨过去才能走动。窗户两侧高高地堆着两摞书，一不小心碰到，就会倒下来。你在以为是松动的地方用力一扒，马上就会有一摞书掉到地上。你扔掉原本吸引你的那本书，因为掉下来的书中露出了另一本。就在这里，在这间小小的书房里，我像查尔斯·兰姆一样，学会了阅读任何可以称之为"书"的读物。我蹲在地上或背靠着书架看书的时候，灰尘钻进了鼻孔，双眼一阵阵刺痛。虽然身体不舒服，精神却达到了忘我的境界。只有当我不再徘徊于幻想比现实更真实的王国里的时候，只有当我重新起航去发现比幻想更令人好奇的现实王国时，我才会意识到自己的笨拙姿势和令人窒息的环境。我经常感到咽喉肿痛。假如这是由小书房里的灰尘引起的，我也不会为此而后悔。

从来没有仆人拿着掸子和扫帚，来打扫一下阳光照射的窗户，或扫一扫地上长年累积的灰尘。要是没有这满屋灰尘，小书房就不会像现在这样。灰尘里有宇宙尘、金粉、蕨类尘埃，还有回归于泥土、又从地上扬起的尘埃。"这静静的尘土"，一位名叫艾米莉·迪金森的美国女诗人写道：

> 静静的尘土是绅士和女士，
> 是少男少女，
> 是卷发与连衣裙。

一位名叫维奥拉·梅内尔的英国诗人，从壁架上清扫掉让闪亮的物体失去光泽的灰尘时，停下来想道：

> 可是我要驱赶的这些尘土，
> 是鲜花与国王，

是所罗门的圣殿、诗人、尼尼微……

　　我两眼刺痛，从小书屋爬出来。小书屋里那些斑驳的金色粉尘还在我脑海里舞蹈，那些明晃晃的蜘蛛网仍牢牢占据着我的全部记忆。难怪，多年以后，当我自己开始写书时，它们就变成了一团乱糟糟的故事，有虚构也有事实、有幻想也有真实的故事。我向来不能把一件事情与另一件事情成功地区别开来。诞生于尘土中的书中故事，就将表明这一点。七个女仆拿着七把扫帚，扫了五十年，都没能扫尽我记忆中的尘土。这尘土是由业已消失的寺庙、鲜花、国王、淑女的卷发、诗人的叹息和少男少女们的笑声留下的。那些金色粉尘，就像扫烟囱的人一样，一定会在某间小书屋里归于尘土，等时来运转的时候，才会显露一会儿真容。

E. F.

1955年5月于汉普斯特德

目 录
CONTENTS

国王与玉米

从前，村里有一个傻子。无论从哪方面讲，他都不是普通的乡村傻瓜。他是校长的儿子，是一个曾被给予厚望，但又一事无成的富家子弟。他爸爸逼他读书，把一切希望寄托在他身上。可是，孩子长到 10 岁的时候，他爸爸便彻底失望了。不是因为聪颖的孩子变笨了，而是因为他完全变糊涂了。可是他当真糊涂了么？他坐在田野里，长时间微笑，很少说话，只是偶尔抿一下嘴巴；然后，他又开始没完没了地说话。等他终于不再出声时，他就像一部旧音乐匣子，人们认为它出了什么故障，无意间踢上一脚，没想到又会放出音乐来。没人知道，在什么时候踢上一脚，会让傻子威利正常起来。他对书一点儿也不感兴趣。有时，爸爸把他以前喜欢的书放到他眼前。他瞟一眼那些古老的故事和记述，便漫不经心地掉头看往别处，并拿起一份日报。一般情况下，他

会很快放下报纸，但偶尔也会紧盯着一段文字，目不转睛地一看就是一小时。那段文字通常是描写一个微不足道的小人物。

他父亲讨厌村民们给孩子取"傻瓜"这个绰号，可是村民们喜欢叫这名字，他们甚至骄傲地把傻瓜威利介绍给外来的游客。威利长相英俊，一头褐色头发，皮肤白皙，脸上长着金粉雀斑，一双孩子般狡黠而天真的蓝眼睛，两片薄嘴唇笑起来十分迷人。别人把他介绍给我时，他有十六七岁。我八月就待在这个村子里。前半个月，他只是偶尔冲我笑笑。后来有一天，当我躺在一块大部分已收割完的玉米地边，双眼迷离地看着中央那一片越来越少的玉米时，傻瓜威利走

2

过来，在我身边躺下了。他没有看我，而是伸出手，用手指捏了一下我手表链上的圣甲虫宝石，突然开口说了起来：

　　小时候，在埃及，我为父亲播种玉米。播种完后，我就经常注视那片玉米地，直到地里长出绿叶。然后，随着日子一天天过去，我亲眼看见它们由草变为谷物，玉米地从绿色变为金黄色。每年地里长满金黄色的玉米时，我都以为，父亲拥有埃及最富饶的宝藏。

　　那时埃及有一个国王，有许多不同的名字。他最短的名字叫"拉"，我后来就这样称呼他。拉国王居住在气势宏伟的城里，爸爸的玉米地在城外。我从来没有见过国王，但人们传说的，都是有关他的皇宫、他华丽的衣服、他的王冠和珠宝、他装满金钱的金库的故事。他用银盘吃饭，用金杯饮酒，在缀满流苏珍珠的紫色丝绸帐幔里睡觉。我喜欢听别人谈论拉国王，因为他听上去像一个童话大王，但我不认为他是像我爸爸一样的男子汉，不相信他的金斗篷像我们的玉米地一样真实。

　　有一天，太阳火辣辣的，爸爸地里的玉米已经长得很高。我躺在玉米地的阴影里，剥下谷穗上的玉米，然

后一颗一颗地吃掉。就在这时，我听到头顶上传来一阵男子的笑声。我抬头一看，就看见一个高得不得了的高个子，正俯下身看着我。他胸前长着一大片黑黑的卷毛，眼神像鹰一样犀利，他的头饰和衣服在阳光下闪闪发光。我知道，他就是国王。不远处，我看见他的侍卫们骑在马上，其中一名还拿着国王坐骑的缰绳。他过来看我时，把马交给了侍卫。有一小会儿，我们相互凝视着对方。他往下看，我往上看。然后，他又笑了，说道："孩子，你看上去心满意足。"

"是的，拉国王。"我回答道。

"你吃玉米的样子就像在吃一顿盛宴。"

"就是盛宴，拉国王。"我说道。

"孩子，是你谁？"

"我是爸爸的儿子。"我说。

"你爸爸是谁？"

"是埃及最富有的人。"

"你是怎么知道的，孩子？"

"他拥有这片玉米地。"我说道。

国王抬眼望了一下我家的玉米地，然后说道："我拥有埃及。"

我说："那也太多了。"

"喔！"国王说道，"太多了！多多益善，所以我比你爸爸更富有。"

听他这么一说，我摇了摇头。

"我说是就是！你爸爸穿什么衣服？"

"和我一样的衬衫。"我用手摸了摸身上的棉布衬衫。

"看看我穿的什么！"国王将金斗篷往身后一甩，斗篷刮痛了我的脸颊，"现在你还说你爸爸比我富有吗？"

"他的金子比这更多，"我说，"他拥有这块土地。"

国王脸色阴沉，看得出非常生气："要是我烧毁这块地，结果会怎样？他还能拥有什么？"

"明年还会长出玉米。"

"埃及王比埃及的玉米更伟大！"拉国王嚷道，"国王比玉米更金贵！国王比玉米更长寿！"

我觉得他说得不对，就又摇了摇头。这时，国王眼露凶光。他转身朝着侍卫厉声大喊道："烧毁这片玉米地！"

　　侍卫们从玉米地的四个角上放火。熊熊火光中，国王说道："看看你爸爸的金子吧，孩子。它从未如此明亮过，今后也不会再明亮了。"

　　直到玉米地被烧成一片焦黑，拉国王才离开，临走时还大声嚷嚷："现在什么更金贵，玉米还是国王？拉国王比你爸爸的玉米活得更长久。"

　　他骑上马，我目送他离去。他金色的斗篷在阳光下熠熠闪光。爸爸悄悄走出小屋，低声说道："我们完了。拉国王为什么要烧我们的玉米地？"

　　我没法回答他，因为我也不知道原因。我来到小屋后面的花园里，哭了起来。当我张开手擦拭眼泪时，发现自己手里还攥着吃剩的半截成熟的玉米棒。这可是我们最后的宝藏，成千上万根金色的玉米穗，就只剩下这半截玉米棒。为防止国王夺走这半截玉米棒，我将手指插进地里，在地里挖洞，然后将玉米一粒粒放到洞底。第二年，当埃及的玉米成熟时，十根可爱的玉米穗矗立在花园的鲜花和葫芦丛中。

　　那年夏天，国王死了，要举行盛大的葬礼。埃及的习俗是，国王死后要躺在一个封闭的密室里，里面放满珠宝、华丽的长袍和各种各样的金色家具。除此之外，他还必须要有玉米，以防在到达天国之前他会挨饿。一个人从城里出来，去取玉米。他经过我们的小屋，走过去又走回来。那一天很热。在回去的路上，他走进我们的小屋来休息一会儿，还告诉我们，他带回的一捆玉米要和国王一道下葬。他又热又累，不一会就睡着了。在他睡觉时，我脑海里又响起了他说的话。我似乎又看见了拉国王，站在我面前说，"埃及王比玉米更金贵！埃及王会比玉米活得更长久！"于是我赶紧跑出小屋，来到花园里，砍下那十根玉米穗，将金色的玉米叶片插入熟睡者为国王收集的玉米中。当他醒来后，他带上那一捆玉米，动身回城里去。在拉国王荣耀下葬时，他们把我的玉米和他葬在了一起。

傻子威利轻轻抚摸着我的圣甲虫宝石表。

"讲完了，威利？"我问道。

"还早呢，"威利说，"数百年以后，具体讲是在去年，一些英国人在埃及发现了拉国王的陵墓。他们打开陵墓时，在宝藏中发现了我的玉米。那些金色物品一见天日就碎成粉末了，可我的

玉米却没有碎。那些英国人把一些玉米带回英国。他们经过我爸爸的房子时，也像很久以前那个埃及人那样，停下来休息一会儿。他们对爸爸讲了他们带的东西，而且拿给他看。我还亲手抚摸了玉米，我的玉米。"威利冲我微笑，笑容很灿烂，"有一粒玉米粘到我手掌上，我就把它种在了这块地中央。"

"那么，如果它生长起来，"我说道，"它一定就在还没收割的那一小片玉米林中。"

我看着正在收割最后一片玉米的收割机。威利站起身来，示意让我跟着。我们仔细地查看剩下来的那一小片玉米。他突然指着一穗玉米，这穗玉米似乎比其他玉米长得高，也更明亮。

"就是这一穗？"我问道。

他朝我微微一笑，就像个淘气的孩子。

"它肯定比其他玉米更金贵。"我说。

"是的，"傻子威利说，"埃及国王能有多金贵呢？"

公主哭月亮

一

　　一天晚上，国王的女儿望着窗外，她想要月亮。她伸手去探，可是够不着。

　　于是她走上阁楼，站到椅子上，推开天窗，来到了王宫的屋脊上。可是，她还是够不到。

　　于是，她又爬上最高的烟囱，紧贴着通风帽，可还是够不到。然后，她就哭了起来。

　　一只路过的蝙蝠停下来问："公主，你哭什么呀？"

　　"我想要月亮，"她说，"可是我够不着。"

　　"我也够不到，"蝙蝠说，"而且即使我够得到，我也没力气让它从天上掉下来。但我会向黑夜女神禀告你的愿望。她亲自动

手，才可能为你摘来月亮。"

蝙蝠飞去告诉黑夜女神。国王的女儿继续趴在烟囱顶上，望着月亮，为了月亮而哭泣。清晨来临，月亮消失在日光中。这时，檐下燕窝里的一只燕子醒来了，它问道："国王的女儿，你哭什么呀？"

"我要月亮。"她答道。

"我更喜欢太阳，"燕子说，"不过我为你感到难过。我会告诉昼神，他也许能帮助你达成愿望。"燕子飞走，告诉昼神去了。

这时，王宫已经一片大乱。乳娘去了公主的房间，发现床上没人。

她急忙冲到国王的寝宫，猛敲房门，一边大喊："醒醒，快醒醒！你的女儿被人拐跑了！"

国王从床上一跃而起，头上还歪戴着睡帽。他透过钥匙孔吼道："谁干的？"

"洗银器的那个男孩，"乳娘说，"上周就少了一个银盘。他能偷银盘，就可能会拐走公主。是的，就是他，如果你问我的话。"

"我当然是在问你，"国王说，"既然如此，把那男孩关进监狱。"

乳娘急忙跑到军营，告诉上校把那个清洗银器的男孩子抓起来，因为他拐走了国王的女儿。上校戴上马刺、佩剑、肩章和奖章，让每个士兵放假一周，好回家去向母亲告别。

"我们在四月一日执行逮捕。"上校说。然后他把自己关在书房里，开始制定行动计划。

乳娘回到王宫，把这一切告诉国王。国王满意地搓着双手。

"那男孩就这样处理，"他说，"在抓到他之前，一定不能让他得到任何风声。现在我们必须设法找到公主。"

他派人叫来大侦探，对他讲了这件事。大侦探立即显出一副很聪明的模样说："首先要寻找线索，提取指纹。"

"谁的指纹？"国王问道。

"每个人的。"大侦探说。

"也包括我？"国王问道。

"陛下是王国第一绅士，"大侦探说，"我们当然要从陛下开始。"

国王看上去很高兴，他张开五指。但是在开始采指纹之前，大侦探又派人把全部侦探找来，命令他们在全城搜寻线索。"你们一定要伪装好自己。"他说道。

二侦探用手挠了挠下巴说："对不起，大侦探。去年春季大扫除的时候，我发现飞蛾飞进了伪装道具里面，就把道具全卖给了收破烂的人。"

"那就向生产道具的人多订购一些，"大侦探说，"但告诉他快一点儿。"

"我们可以自己选择装束吗？"二侦探问道。

"可以，随便你喜欢什么，只要不一样就行。"大侦探说。其余的侦探大约有一千人，他们回去构思与众不同的装束，可是做起来却很费事，因为有三人想装扮成盗贼，五人想装扮成泰迪熊。

与此同时，大侦探准备了一盘黑色的物体。国王正准备在上面按指印的时候，厨娘有事进来禀告。

"什么事？"国王问道。

"无论怎么做，厨房的火就是燃不起来，"厨娘说，"如果厨房的火点不燃，我就没法

再待下去。"

"怎么会点不燃呢？"国王问道。

"烟道里有水，"厨娘说，"水不停地往下滴呀，滴呀。我不停地擦呀，擦呀。可是水很多，反而越滴越快。没有火就没法煮饭。因此，我要走了。"

"什么时候走？"国王问道。

"就现在。"厨娘说。

"那必须先提取你的指纹。"国王说。

"痛吗？"厨娘问。

"一点儿不痛，"国王说，"很好玩。"

厨娘按了指印，就回去收拾行装。王宫厨娘发出了通知，消息迅速传开，全国的厨师竞相效仿，因为无论王宫内发生什么事，全国上下都会把它当作学习的对象。

这样引起的后果是——

造成的后果不一而足。如果你想了解造成了哪些后果，就请读下一章。

二

蝙蝠飞去找黑夜女神，告诉她国王的女儿哭着要月亮。虽然黑夜女神的影子无所不在，要找到她却并不容易。但蝙蝠终于还是发现黑夜女神在林间散步，在查看是否一切都妥当。如果一朵花儿大张着花瓣不睡觉，她摸一摸它的花瓣，它的眼睛就会闭上；如果一棵树在睡眠中躁动不安，她会叫它别出声，直到它安静入睡；如果一只鹡鸰还在巢里鸣叫，她会轻抚它的羽毛，直到它再次进入梦乡。可她惊飞了在空树干中昏昏欲睡的猫头鹰和伏在树叶下面的飞蛾。蝙蝠飞落到她的手上，她问道："哦，孩子，你来干什么？"

"我是来告诉你，国王的女儿想要月亮。"

"她想要，"黑夜女神说，"可是我不会出让月亮。回去就这样对她说。"

"可是，母亲，她哭着要呀。"

"呸！"黑夜女神说，"要是婴孩在夜晚要什么就给什么，母亲们就别想休息。为什么这个孩子哭着要什么，我就该给她？告诉我一个好理由。"

蝙蝠努力想了一个好理由，最后说道："因为她长着灰色的眼睛，黑色的头发，白皙的面庞。"

"真傻，这和要月亮有什么关系？"夜神说，"去，去，我忙着呢。"

她摇了摇蝙蝠所站的那只手，继续穿越树林。蝙蝠把自己倒挂在树枝上生闷气。

猫头鹰从树洞中探头问道："你说了灰眼睛吗？"

"说了，"蝙蝠说，"像暮色一样灰。"

老鼠从地缝中伸出鼻子问道："说了黑色毛发吗？"

"说了，"蝙蝠说，"像影子一样黑。"

飞蛾从树叶边探头盯着蝙蝠问："你说了白色脸颊吗？"

"说了，"蝙蝠说，"像月光一样白。"

猫头鹰接着说道："她是我们的同类，我们必须支持她。如果她想要月亮，就应该得到月亮。黑夜女神错了。"

"黑夜女神错了！"老鼠重复道。

"黑夜女神错了！"飞蛾回应道。

一阵小小的耳边风听到了这几个字，就把这话带到了全世界。山岗上，沟壑里，风在到处低声传说，"黑夜女神错了！黑夜女神错了！黑夜女神错了！"黑夜女神的孩子们一个个探头细听，

15

有猫头鹰、狐狸、夜莺、大小老鼠、蝙蝠和飞蛾，还有在砖瓦间蹑足而行的猫。风把这话说上三遍，它们也开始跟着说。

"黑夜女神错了！"狐狸吠道。

"黑夜女神错了！"夜莺咯咯叫道。

"你听到那条消息了吗？"老鼠吱吱地对飞蛾说，"黑夜女神错了！"

"是的，她错了，"飞蛾附和道，"我过去就常这样说。"

夜莺用响亮悠长的婉转歌声，把消息传到了星星的耳朵里。星星们开始一起喊叫："黑夜女神错了！"

"你们在说什么？"月亮在半空中问道。

"我们说了，还要再说一遍，"长庚星说道，"黑夜女神错了。我们要一直说到天明。"

"你们说得对，"月亮说，"我以前都不喜欢提这事，可没人比我更了解夜神。毫无疑问，她完全错了。"

没有谁停下来问一问，夜神为什么错了。既然大家都这样说，这就够了。早在黎明之前，黑夜女神的孩子们就已经对自己的母亲非常愤怒了，决定要背叛她。

"不过，最重要的是，必须采取协调一致的行动，"月亮说，"蛾在这里抗议，猫在那里咕咕叫，没有任何用处。如果我们想采取

16

行动，就必须一起行动。我们必须在一个约定的时刻，一起反对黑夜女神。"

"是的，我们必须采取行动，我们必须罢工，我们必须拒绝支持黑夜女神！"蝙蝠、猫、飞蛾、猫头鹰、星星和夜莺异口同声地喊道。

"嘘！"月亮说，"她可能会听到的。这一阵子我们装作什么都没有发生过。等到四月一日准备好了，就一鼓作气向黑夜女神证明，她错了。"

三

在黑夜女神的孩子们做出重大决定几个小时后，燕子正在路上，去告诉昼神，国王的女儿在哭月亮。它发现昼神刚刚走出大海，正在沙滩上擦那双金色的大脚。

"和云雀一样早的燕子！"昼神说，"怎么这么早就出来了？"

燕子说：“因为国王的女儿哭着要月亮。"

"哦，那可不关我的事，"昼神说，"孩子，我也不明白，这事跟你有什么关系？"

"不关我的事，不关我的事！"燕子恼怒地呢喃道。它使劲

想为什么这事与它有关，然后说："哎，前辈，你怎么能说这不关我的事！国王的女儿长着蓝眼睛、金色头发和粉红的脸颊呢。"

"她什么都有了，就可以不要月亮呀。"昼神说，"唉！难道你要让我和妹妹黑夜女神闹翻，就为了让国王的女儿不再流泪？干活儿去吧，叫喳喳的傻瓜，我也要干活儿了。"说完，他一个箭步就从海岸边跨到了田野里，走路的时候，仿佛给田野上的野草镀了一层金。

一条鱼从岩石间的水池里探出头来。

"她长着蓝眼睛吗？"

"像蓝天一样蓝！"燕子说。

菊花从悬崖上附身问道："长着金色的长发？"

"金色如阳光。"燕子说。

海鸥停在空中问道："长着粉红的脸颊？"

"粉红如晨光。"燕子说。

海鸥从风中滑落下来，尖叫道："那她是我们的同类。如果她想要月亮，她就必须得到月亮。如果昼神不帮她得到月亮，就打倒昼神！"

"打倒昼神！"菊花叫道。

"打倒昼神！"鱼儿气喘吁吁地说。

18

在沙滩上来回冲刷的一头小波浪听到了这话，就退回到大海中，喃喃呓语道："打倒昼神！打倒昼神！打倒昼神！"

大浪们听到了这话，它们像合唱团一样咆哮起来："打倒昼神！"它们涌起波峰浪谷，然后摔碎在大海里。很快，波涛汹涌的海洋也发出了"打倒昼神"的喊声，海潮带着这喊声涌向每一处海岸。"打倒昼神！"席卷而来的每一个浪潮咆哮道。五大洲的所有动物都听到了这喊声，都用各自的方式回应这消息：美洲的嘲讽鸟用哨声传递这消息，非洲大象用号声传递这消息，亚洲眼镜蛇用嘶嘶声传递这消息，澳洲的笑驴用尖叫声传递这消息，欧洲所有的云雀用婉转的歌声把这消息唱到了太阳神那里。

"你们在唱什么？"太阳问云雀。云雀是他最喜欢的宠物。

"打倒昼神！打倒昼神！我们在唱打倒昼神！"

"一定打倒，"太阳说，"早就该打倒昼神！我们以前怎么没有想到呢？"

太阳话音刚落，昼神的孩子们就开始怀疑，他们怎么没有早点想到呢？接着便开始思考，怎样才能完成这件事。

"这事让我来做，"太阳说，"大家要各尽其职，但必须一劳永逸地完成。我将亲自制定一个有效的行动计划。一旦制定好计划，你们就会知道各自应尽什么职责。四月一号之前，大家都要

做好准备。到那时，我们要记住一件了不起的事情，就是我们都要赞同一种观点：打倒昼神！"

"打倒昼神！"各类飞禽、走兽、游鱼、花草、树木、山石和流水，所有的东西都在喊叫，"打倒昼神！"

他们很坚定，可都不知道这是为什么。

四

侦探们一拿到伪装道具，就分散到城里，去搜寻有可能找到国王女儿的线索。他们有的在大街上守望，有的去偏僻曲折的小巷寻找，有的去公园里搜寻，有的在贫民窟寻找。每到一处，都会发现一些可疑的迹象。一发现蛛丝马迹，他们就直奔王宫去禀告国王。比如，侦探甲化装成公园管理员，不到一小时，就发现一个衣衫褴褛的流浪汉在树下草丛里打鼾。

"此人很可疑！"侦探甲心想，"可疑之处全写在他的脸上！"为了验证他的想法，他弯下腰，在打鼾者的耳边大声喊道："国王的女儿在哪里？"

流浪汉半睁着一只眼，嘴里咕哝道"先往右再往左"，接着又开始打起鼾来。侦探甲全力跑去追踪，先往右跑，再向左跑，接着就来到一家名叫"猪头"的小酒店里。酒店里面，老板和漂亮的老板娘正在招待 19 名水手。侦探甲挤到柜台前，装作瞎子，点了一品托波特酒。酒一喝完，他就不再装瞎子了，一把抓住酒店老板，另一只手抓着老板娘问道："国王的女儿在哪里？""我们怎么知道？"酒店老板回应道，"不论她在哪里，都不会在这里。""啊，你竟敢否认！"侦探甲嚷道。"松手，小伙子！"老板娘说着挣脱了手腕。"啊，你竟敢反抗，想要造反吗？"侦探甲嚷道。说着，他掀开外衣露出真面目，将这对夫妇抓了起来。为了安全起见，他把 19 名水手全抓起来，命令他们跟他一道去王宫。路上为了稳妥起见，他在公园停下来，把流浪汉也抓了。然后，他带着他们去见国王。

"这是些什么人？"国王问道。

"都是可疑分子，国王陛下。"侦探甲说。他指着流浪汉说："此人说你女儿在这些人的酒吧里。"他又指着酒吧老板和老板娘说："这俩人说这人弄错了。他们当中一定有人在说谎。"

"哦，真可怜！"国王说，"这些又是什么人呢？"他看着 19 名水手。

"这些人当时在酒店里，"侦探甲说，"有可能是在密谋。我认为最好别给他们任何机会。"

"干得好极了，"国王说，"你会得到提拔的。把这些可疑分子全部关进监狱。到四月一号，如果他们还不能证明自己是无辜的，就全都得死。"

在关押可疑分子时，国王提拔了侦探甲。在他秘密完成这一切后，侦探乙化装成顾客走进来，他身后跟着1个布商、43个女售货员、1个保姆、一辆婴儿车和车里的婴儿。

"这是些什么人？"国王问道。

"都是可疑分子，陛下，"侦探乙说，"我注意到这辆婴儿车放在布商店外，足有半个钟头。婴儿啼哭的方式非常可疑，可就是不告诉我出了什么事。于是我走进商店，看见保姆在柜台边接受服务，手里还拿着一码长的东西。'那是什么？'我问她。'管好你自己的事。'她回答我。'这是我的职责。'我说，并抢过了那样东西，原来是这个。"侦探乙从衣兜里掏出有一码长的弹性绿色物体。

"那是做什么用的？"国王问道。

"哈，我就是那样问她的，陛下！可她说我不是绅士，不肯告诉我。因为她不坦白，我当然就把她抓了。为了安全起见，我把店内的人全都抓了起来，外加那个婴儿。"

"干得不错，"国王喜笑颜开，"除非他们能证明各自的情况，否则，到四月一号这一天都要被砍头。"他将保姆、婴儿、布商和43个女售货员全部关进监狱，并开始提拔侦探乙。事情刚进行到一半，化装成邮差的侦探丙走了进来，身后还跟着402名住户。

"这是些什么人？"国王问道。

"他们全都是可疑分子，陛下，"侦探丙说，"他们都收到寄给他们家的信件，信封上不是名字写错，就是地址写错。为了避免被怀疑，他们都在信封上写上'不知道'，又将信件放回邮筒里。于是我在每户人家的门上'砰砰'敲了两下。他们一开门，就被我抓起来了。正如你所见到的，要他们说清这些信是寄给谁的，寄信的人是谁，信里面写了些什么内容。"

"好极了！"国王叫道，"如果到四月一号还说不清，他们就将被处死。你也会得到提拔。哪个国王有我这样能干的侦探队伍？"

随后不到一小时，化装成收票人的侦探丁带着978个人走进来。这些人都买了火车票，显然想离开这座城市。侦探戊化装成公共图书管理员，抓来2315名小说读者，他们在公共图书馆都要求借阅侦探小说。毫无疑问，他们都是可疑分子，因此也都被关进监狱，直到他们能够解释清楚自己的行为。否则的话，国王说，到了四月一号这一天，他们都要掉脑袋。

23

就这样一直忙到晚上，正当国王打算上床睡觉时，忽听王宫里传来一声大吼和纷乱的脚步声。只见女管家手里拿着一把锋利的小刀，冲进了金銮殿，一个二级女仆在后面紧紧追赶。女管家激动地打着手势，冲向国王宝座。可还没能够到王座，二级女仆就将她绊倒在地，塞住她的嘴，给她戴上了手铐。

"天呀！"国王说，"这究竟是怎么回事？"

二级女仆站起身，脱下帽子，头发也随着帽子掉了下去。头顶上现出一个秃顶，原来是二侦探化装的。他喘了会儿气，用手指着地上不断挣扎、说不出话来的管家。

"这个人非常可疑，陛下，"他说，"我化装成陛下的二级女仆，前往你女儿的房间查找线索。趁着没人看见，我悄悄溜进去，立即发现有人在我之前来过了。地毯上到处是金属碎片，公主的抽屉和橱柜上的每把锁都被人撬开了！确定锁已被完全破坏之后，我继续搜查。我偷偷地查看窗帘后面，然后猛地打开橱柜门。最后，我往床底下一瞧，却看到一只黑色大拖鞋，鞋里有一只脚；旁边还有一只拖鞋，里面套着另一只脚。我将拖鞋拖到亮处，发现穿这双鞋的是国王陛下的管家。她想逃跑，我就追，结果你都看见了。"

"是看见了，"国王说，"可她不是我的管家。"

"不是？！"二侦探惊叫起来，"越来越糟了。她也许是一个危险的罪犯，拐走了你的女儿，又回来劫掠。我想我们可以有把握地说，陛下，我们找对方向了！"

国王很高兴。假管家被判四月一日处死，二侦探得到了提拔，王宫里的人都上床睡觉去了。

可是别的人都睡不着，因为现在大家都知道，街上散布着一千名乔装打扮的侦探，你可能随时被别人抓捕。早晨之前，城里有一半的人被抓起来了，另一半人则在尽力躲避别人。

五

　　马斯特·约翰尼·詹金森是王家军队里的小鼓手，他边走边敲鼓，走在通往母亲小屋的小道上。他没有敲门，而是敲响了回营鼓，妈妈便跑来为他开门。

　　"妈，是我，"约翰尼说，"晚饭吃什么？"

　　"他爸，他爸，快来呀！"约翰·詹金森太太叫道。约翰·詹金森先生手拿一把铁锹，从后花园走出来。见到儿子，他一屁股坐到台阶上，往烟斗里面填烟丝，想以此来掩饰自己的情绪。

　　"约翰尼，哪阵风把你给吹回来了？"妈妈说，"我还以为你在城内 20 英里之外的地方呢。"

　　"我放一周假，妈，"约翰尼说，"我们每个人都放一周假。"

　　"约翰尼，为什么放假？"

　　"哦！"约翰尼一脸严肃地说，"什么事还没有告诉我们。可我们能猜到。有大事要发生。"

　　"你是说，打仗？"约翰·詹金森先生低声说。

　　"爸爸，难道还会有别的事？"约翰尼答道。是呀，难道还会有别的事？

　　"约翰尼，要和谁打？"约翰·詹金森先生问道。

"唉，这是严格保密的，爸，"约翰尼说，"可谁能阻止别人思考呢？我们有些人认为，要和北方的国王打仗；另一些人认为，要和南方的国王打。可是我认为——"他停顿了一下，因为他还没有自己的想法。

"约翰尼，你不会想说，"詹金森先生喘息着说，"你不会想说要同时和两边打仗吧！"

"为什么不呢？"约翰尼闭上一只眼问道。从那一刻起，他就这样想了。

"那可太糟了！"约翰·詹金森太太哀叹道，"我们不可能同时打赢两个国家的，绝不可能！"

"相信我们，妈！"约翰尼吹嘘道，还在鼓上敲了一下，"只要有好吃的填饱肚子，我们就能解决一切问题。晚饭吃什么？"

约翰·詹金森太太将围裙扔到他头上，大声哭喊道："晚饭没吃的，约翰尼，啥都没得吃。厨师已经出了通告。"

"可是，听我说！"约翰尼嚷了起来，第一次露出着急的表情，"我们家又没有厨师，家里是你在做饭，妈！"

"好吧，就算是我做饭！"他妈妈反驳道，同时擦干眼泪，装作很坚强的样子，"我要说的是，做饭的人就是厨师。因此我认为，我也符合通知的要求！"

"可这是为什么，妈妈？"

"因为大家都这样做，约翰尼。前天，国王的厨娘发出通知，国内所有厨师停止做饭 24 小时。如果厨娘不做饭而我做饭，那就是叛逆。通知就在那里。"

约翰尼坐到父亲身边的第三级台阶上。"这一来，我的假期就给搅了，"他说，"更要命的是，所有小伙子的假期都被毁了。你不会相信，对一个放假的人来说，一日三餐有多么重要。"

"不光是休假的人，"约翰·詹金森先生说，他从烟斗里喷出一阵浓烟，来掩饰自己的感情，"其他人也一样。"

"晚饭时你干什么，爸爸？"约翰尼问道。

"我去旅馆抽烟。"约翰·詹金森先生说。

"那我们一起走吧。"约翰尼说。父子二人伤心地朝小路走去。

到了旅店，他们发现村里所有男人都聚集在这里。因为女人们不做饭，这里就成了男人们唯一可去的地方，对女人的怨气开始高涨。男人们越来越饿，他们的气就越来越大；而女人们呢，却越来越固执。

"早餐吃不成？午餐吃不成？下午茶也没得吃？"到吃饭时间，男人们吵嚷起来。

"国王也没有早餐、午餐和下午茶吃！"女人们反驳道，"你们享受和国王一样的待遇,已经够好了!"

这样一来,男人们都聚集到全城旅店内,愤怒声讨女人。他们还做出一个决定:只要女人不做饭,男人就不干活。"团结则存,分裂则亡,"约翰尼的父亲说,"四月一号这一天,我们一起罢工。"这话像燃烧的野火,迅速传遍了王国的每一家旅店,所有男人都对此表示赞同。

可是,旅店里的争论并不只针对女人。士兵们都放假回家了,他们开始愤怒地声讨起战争来。像小鼓手约翰尼一样,每一个士兵回家时都表情严肃,仿佛就他自己知道这意味着什么。有人说他们要北边的国王开战,另一些人则说要同南边的国王开战。

"不,"另一个士兵说,"是同东边的国王开战。"

"错了,"第四个士兵说,"是同西边的国王开战!"

"再猜一猜,"第五个士兵嘲笑道,"没有一个说得对,是要同黑人国王开战。我听下士亲口讲的。"

"那么下士可能就是闭目塞听,"第六个士兵嘲讽道,"因为军士长信心满满地告诉我,是要同白人国王开战!"

争论越来越激烈,这个国王那个国王,世界上所有君主的名字都被士兵们说了一遍。这些君主的间谍听到了消息,急忙赶回各自的国家去报信。听到这一消息,全世界的国王马上下令集结

军队，准备在四月一号开船起航。

六

四月一号这天。

国王抿了一口咖啡说："今天要将所有可疑分子砍头。"

陆军上校给面包抹上奶油后说："今天要逮捕清洗银器的那个孩子。"

国内所有的男人都说："今天我们要罢工。"

全世界的国王都说："开战的一天来临了。"

太阳呼唤昼神的孩子们说："打倒昼神的时刻来临了。"

月亮召集黑夜女神的孩子们说："证明黑夜女神错了的时刻到来了。"

这时，全世界开始发生了可怕的事情。

先是上校召集军队去抓捕那个男孩，可是军队不肯来。于是上校亲自去部队，拔出宝剑问他们："为什么不来？"

这时，小鼓手约翰尼站出来说话了："上校，因为士兵既是士兵，又是男人。全国的男人今天罢工了。"

"是的，是的，所有男人都罢工！"士兵们高喊道。

上校用马靴踢他们，问道："为什么罢工？"

"因为厨娘不为国王做饭，女人就不为我们做饭，没人能饿着肚子干活。只要国王的厨娘回心转意，我们能有一顿饱饭吃，就重新干活。"

"对，对，吃一顿饱饭！"全体士兵高喊道。

上校喋喋不休地训斥他们，然后去禀告国王，必须不惜一切代价把厨娘叫回来。

厨娘被找来了。她看了看厨房炉灶，说烟囱还在滴水，火生不起来，因此拒绝做饭，除非能生火。

于是国王说："派人去找堵漏工！"可是，堵漏工捎话说，虽然堵漏工要干堵漏的活儿，可也是男人。所有男人都罢工了。除非他妻子开始重新做饭，否则，他不会为任何人堵漏。

接着国王派人去找二侦探，因为大侦探完全失踪了，没人知道他在哪里。二侦探到来时，国王命令他逮捕厨娘，因为厨娘不做饭；逮捕堵漏工，因为他不堵漏。可是二侦探挠了挠下巴说："对不起，我做不到。"

"为什么做不到？"国王问。

"是这样的，陛下。侦探虽然该干侦探的活儿，可也是男人。除非我妻子开始做饭，否则我不能去侦测。"

"可是今天要砍头的那些人怎么办？"国王叫道。

"恐怕只能留在他们脖子上了，"二侦探说，"因为刽子手原本没问题，可刽子手也是男的，对吧？除非他妻子重新做饭……"

国王用手指堵住耳朵，泪流满面，可下一刻又把手指拿开说："那是什么？"

空中传来大炮和军号声。厨娘冲进来说，全世界的君王都在向本城进攻，海岸已经被他们的军舰包围了。

"救命！救命啊！快出动军队！"国王喊道。可上校对他耸了耸肩说："他们不会来的！"

"这下我们完了，"国王呻吟道，"没人能救我们了。"

他话音未落，太阳走了出来。

云雀从天空飞下来，雏菊变成黑色，狗像猫一样"瞄瞄"叫，星星们到地上来行走。一只老鼠走上前，将国王推下宝座。海鸥飞来，坐在国王的踏脚凳上。时钟刚敲午夜，西边黎明破晓。和风吹拂，大海掀起滚滚波涛。公鸡打鸣催月亮起床。月亮从云中出来，露出了黑色的内衣。昼神被彻底打倒，黑夜女神完全错了。

一片混乱中，门开了，国王的女儿身穿睡衣走了进来。

七

国王朝她奔去，一把将她搂在怀里哭道："孩子，孩子，你去哪里了？"

"我一直坐在烟囱顶上，爸爸。"国王的女儿说。

"我的宝贝儿，你坐到烟囱顶上去做什么？"

"因为我想要月亮。"公主说。

乳娘扶着她的双肩，使劲地摇了摇说："睡衣都淋湿了，你这个淘气的小姑娘。"

"那是我哭湿的，"国王的女儿说，"我没日没夜地哭，一刻也没停歇过。我哭得浑身是泪，把烟囱都淋湿了。"

"真的！"厨娘嚷道，她立即冲向厨房。烟囱不再滴水了。于是，她点燃火，开始尽力做饭。

与此同时，老鼠和海鸥急忙来到夜神和昼神的孩子们身边，一起叫起来：

"国王的女儿长着棕色头发、棕色眼睛和棕色皮肤！"

黑夜女神的孩子们转身朝着蝙蝠吼叫道："你告诉我们说她长着黑头发、灰眼睛和白皮肤！"

"我想是在黑暗中弄混淆了。"蝙蝠喃喃说道。

"你告诉我们她长着金发、蓝眼睛和玫瑰色皮肤！"昼神的孩子们朝燕子吼叫道。

"我一定是被黎明给搞晕了。"燕子喳喳叫道。

昼神和夜神的孩子们接着说："这让我们处境艰难。我们一直支持的生物，原来不是我们的同类。我们必须立即拥护昼神，并告诉黑夜女神，她做得完全正确。"

说到做到。星星们各归原位，海水开始退潮，时间恢复常态，万物又各司其职。最后，太阳出来，国王们的战舰沐浴着阳光，正以最快速度驶回本国。他们说从没见到过这种事，换你也不会同如此颠三倒四的人打仗，对吧？

王宫里的国王知道了这些好消息，拍手称快，然后对上校说："既然他们走了，就不再需要军队来对付他们。所以，让军队去逮捕清洗银器的那个男孩。"

"为什么呢，陛下？"

"因为他拐走公主。"

"可他没有拐走我。"公主说。

"哦对，他是没有，"国王说，"那就必须把他放了。我想我们还必须释放要被砍头的那些人。"

"我在公主卧室里发现的那个假管家除外，"二侦探说，"因为她是个可疑分子。"

于是，二侦探就去释放流浪汉、水手、保姆、婴儿、布商、女售货员、住户、火车旅行者、阅读小说的人以及关在监狱里的其他人。但他拽着假管家的头发来到国王面前。可是，拽到那里时，头发脱落了，头上露出大侦探光秃秃的秃顶。于是，他们给他解开手铐。他嘴里还插科打诨。他语无伦次地对国王说："没人认出我来，就连我的二侦探都没有。"

"你将得到提拔！"国王说，"可是你在公主的卧室里做什么？"

"我当然是在搜查线索。我刚用小刀把锁撬开，就听到有人来了——"

"是我！"二侦探说。

"所以我自然就躲到了床底下。"

"我发现了你躲在那里！"二侦探得意地说。

"嗯，我在那里还发现了别的东西！"大侦探说，"是这个！"他从黑色长裙里拿出一个银盘。

"就是它！"乳娘叫了起来，"就是不见了的那个盘子。要是它没失踪，我就绝不会怀疑是那个男孩拐走了公主。所以这都是你的错，这整件事！"说着，她转身面对公主，"淘气的小姑娘，你要它干什么？"

"因为它很漂亮，又圆又亮，"公主说，"因为我想要，我实在想要。"

"那你就留着吧，"国王说，"条件是你得答应我一件事。"

"好，我答应。什么事？"公主问道。

"再也别哭着要月亮了。"

"我觉得再也不会了！"小公主说，"月亮真吓人。我见到了她的内部，里面黑乎乎的。所以我才爬下来。晚餐吃什么？"

"晚餐吃什么？"全国的人都在问。妇女们烧菜做饭，男人们重新干活。太阳又东升西落。全世界很快就忘了，由公主哭月亮引起的一切事情。

年轻的凯特

很久很久以前，老杜小姐住在小镇边一间狭窄的屋子里。年轻的凯特是她的小仆人。一天，凯特被派去清扫阁楼窗户。清扫窗户时，她可以看见城外所有的草地。因此，活儿干完后，她对杜小姐说："夫人，我可以去草地上玩吗？"

"哦，不行！"杜小姐说，"你不能到草地上去。"

"为什么不能，夫人？"

"因为你可能遇到绿衣女人。关上门，干针线活去。"

下一周，凯特去清扫窗户。清扫的时候，她看见河流从峡谷中流过。所以，活儿干完后，她又对杜小姐说："夫人，我可以到河边去吗？"

"哦，不可以！"杜小姐说，"你绝对不可以到河边去！"

"为什么不可以，夫人？"

"因为你可能遇到河神。闩上门，去擦亮铜管乐器。"

又过了一周，凯特在打扫阁楼窗户时，看到了山坡上的树林。活干完后，她去对杜小姐说："夫人，我可以到山坡上的树林去吗？"

"哦，不行！"杜小姐说，"绝对不能去树林！"

"啊，夫人，为什么不可以？"

"因为你可能会遇见跳舞的男孩。拉上百叶窗，去削土豆皮。"

杜小姐不再让凯特去阁楼。六年来，凯特一直待在屋里，缝补袜子，擦亮铜管，削土豆皮。后来，杜小姐死了，凯特不得不另找地方。

凯特的新住处在山丘对面的小镇上。因为凯特没钱乘车，就只好走路去。可她没有沿着大路走。一走进草地，她见到的第一样东西，就是正在种植花卉的绿衣女人。

"早上好，年轻的凯特，"她说，"你要去哪里？"

"翻山去镇上。"凯特说。

"如果你想走得快，就该走大路。因为我不会让任何人经过我的草地，除非他停下来种一朵花。"

"我自愿种的。"凯特说。她接过绿衣女人的工具，种了一株雏菊。

"谢谢你，"绿衣女人说，"现在随意摘点你喜欢的东西。"

凯特摘了一束花。绿衣女人说："你种下的每一种花，都能采摘五十朵。"

接着，凯特前往河流经过的山谷。她见到的第一样东西，是芦苇丛中的河神。

"你好，年轻的凯特，"他说，"你要去哪里？"

"翻过山坡去镇上。"凯特说。

"你要是急着赶路，就该一直走大路，"河神说，"因为任何人要想经过我这条河，都必须停下来唱首歌。"

"我愿意，很高兴。"凯特说。她立即坐在芦苇中唱起来。

"谢谢你，"河神说，"现在听我唱。"

河神唱了一首又一首歌，一直唱到夜幕降临。唱完之后，他吻了凯特并说道："你听到的每一首歌，都将听五十遍。"

接着，凯特来到山丘顶上的树林边。她见到的第一样东西，就是那个跳舞的男孩。

"晚上好，年轻的凯特，"他说，"你要去哪里？"

"翻山到镇上去。"凯特说。

"如果你想在天亮前到那里，你就该走大路，"舞蹈男孩说，"因为我不会让任何人穿过这片森林，除非他停下来跳舞。"

"我很乐意跳舞。"凯特说。接着她尽力为他舞蹈。

"谢谢你，"舞蹈男孩说，"现在看我跳。"

于是他为凯特跳舞，直跳到月亮升起又落下，跳了整整一夜。早晨来临时，他吻了吻凯特说："我跳的每一种舞蹈，你都会看到五十遍。"

年轻的凯特接着走到镇上，在另一间狭窄的小屋子里，成了老德鲁小姐的仆人。德鲁小姐从不让她去草地、森林与河边，每天七点钟就把房门锁上了。

可是随着时间推移，年轻的凯特结了婚，有了自己的孩子和一个小仆人。当一天的活干完后，她就打开门说："现在一起跑，孩子们，跑进草地，下到河边，或爬到山上，因为我不怀疑你们会有幸遇见绿衣女人、河神或舞蹈男孩。"

于是孩子们和小女仆会走出去，不一会儿凯特就看到他们回家来。他们边唱边跳，手里还拿着一束束鲜花。

金 鱼

从前有一条金鱼，生活在大海里。当时，所有鱼类都生活在海里。他过得非常快活，只有一件事有点闹心，就是要躲避海面上四处漂浮的渔网。但鱼类都得到过他们的父亲海王的警告，要躲避渔网。在那些日子里，他们都按照吩咐去做。所以金鱼过着很精彩的生活。他整天在蔚蓝色的海水中游泳：时而下潜到海底，靠近沙粒、贝壳、珍珠、珊瑚和大石头，石头上的海葵长得像一簇簇灰色的花朵，海藻挥动着红、黄、绿色的扇形褶边；时而他上浮到海面，海面上一朵朵白色的水花互相追逐，一排排巨浪如透明的山岳般矗立，随着轰鸣声滚滚向前。接近海面时，他有时会看到，在上面很远处，有一条巨大的鱼在蔚蓝色的海水中游泳，像他一样颜色金黄，但却像水母一样圆。在其他时候，当远处的海水呈深蓝色而不是蔚蓝色时，他看见一条在水下从未见到过的

银鱼，银鱼通常也呈圆形。不过有时当她在水中游动时，他能看见她银色的尖鳍。我们的金鱼会妒忌另一条金鱼，可是却对银鱼一见钟情，非常渴望能够游到她的身边。每当他这样做的时候，就会发生奇怪的事情，使得他没法呼吸，会喘息着沉到海下很深的地方，再也看不见那条银鱼。后来，他希望她也能游到深水区来，便游了好多好多海里去寻找她，可就是不走运，从来没有遇见她。

一天晚上，他在非常平静的海水里游着时，突然看见头顶上有一个巨大的鱼影子一动不动。它整个身躯浮在水面上，只有水下的肚子露出一个长长的鱼鳍。金鱼认识这片海域里的每一条鱼，但以前从未见到过这样一条鱼！它比鲸鱼大，和章鱼的墨汁一样黑。他绕着它游，好奇地用小鼻子触碰它。最后，他问道："你是什么鱼种？"

巨大的黑影笑了："我根本不是鱼，我是船。"

"既然不是鱼，你在这儿干吗？"

"现在我什么都没干，因为我很平静。风起的时候，我要继续周游世界。"

"什么是世界？"

"比你见到的一切还要大。"

"那我在世界里了？"金鱼问道。

"当然在。"

金鱼高兴地跳了起来。"好消息！好消息！"他喊道。

一条路过的海豚停下来问："你叫喊什么？"

"因为我在世界里！"

"谁说的？"

"船鱼！"金鱼说。

"呸！"海豚说，"你让他证明这事！"然后就游走了。

金鱼停止了跳跃，他的喜悦已因为怀疑变成了沮丧。"这世

界怎么可能比我看见的还大？"他问船，"要是我真在世界里，我应该都能看得见呀——或者说，我怎么才能确定呢？"

"你一定要信我的话，"船说，"像你这样的小不点，只能看见世界的一星半点儿。世界的范围你永远看不到；陌生土地上的各种奇迹你也永远看不到；世界像橙子一样圆，但你永远看不到世界有多圆。"

然后，那艘船继续讲世界上的其他事物，男人、女人和孩子，花草树木，眼睛长在蓝色、金黄色和绿色尾巴上的鸟兽，黑白相间的大象和挂着响铃的寺庙。金鱼因为渴望而哭了起来，因为他看不到周围的东西，因为他看不到世界有多圆，因为他看不到世界上的所有奇迹。

那条船对他嘲笑至极！"我的小朋友，"它说，"假如你是那个月亮，唔，假如你就是太阳，一次你也只能看到事物的一半。"

"那月亮是谁？"金鱼问。

"就是天空那一团银白色的光亮，还能是谁？"

"那就是天空？"金鱼说。"我还以为是另一片海呢。那就是月亮？我还以为是一条银鱼。可太阳又是什么？"

"太阳是在白天穿过天空的金色圆球，"船说道，"人们说太阳是月亮的恋人，把自己的光芒给予她。"

"可我把这世界给她！"金鱼叫道。他竭尽微弱的力量跃向空中，可他够不到月亮，又喘息着跌入大海。他像一块金色的小石头，一直沉入海底，在那里伤心欲绝地哭了整整一周。那艘船对他讲的东西超出了他的理解能力，但是却激发了他的强烈渴望——渴望拥有银色月亮，渴望自己比太阳更强大，渴望从上到下、从左到右地观看这里里外外充满了奇迹的整个世界。

这时，统治海底世界的海神王正巧外出散步。他经过由白色和朱红色珊瑚形成的一片小树林时，突然听到一阵咯咯的声音，既像喘息，又像是喷气。他透过珊瑚枝丫往里一瞅，却看见一只肥胖的海豚在那里捧腹大笑。不远处躺着那条金鱼，正泪水涟涟。

海神王就像一个好父亲，宁愿与孩子们同甘共苦。因此他就停下来问海豚："什么事这么好笑？"

"呵！呵！呵！"海豚忍俊不禁，"我被那条金鱼的悲伤给逗乐了。"

"金鱼悲伤么？"海神王问道。

"他真的悲伤！他已经哭了七天七夜，因为……呵！呵！呵！因为他不能娶月亮，没法超过太阳，不能拥有世界！"

"你呢？"海神王说道，"你从来没有为这些事哭过？"

"我没有，"海豚喷气说道，"什么！为太阳和月亮这两个远处的斑点哭泣？为谁都看不见的世界哭泣？不，爸爸！我的晚餐在远方时，我会为之哭泣；我看见死亡来临时，我会为之哭泣；但是其余的，我只会说'呸'！"

"唔，海里需要各种各样的鱼。"海神王说，他躬身拾起金鱼，用手指告诫他。

"来吧，孩子，"他说，"眼泪或许是开始，但事情的结尾不该是眼泪。眼泪帮不了你任何忙。你真的希望娶月亮，超越太阳，并拥有世界吗？"

"真的，爸爸，真的！"金鱼颤抖着说。

"既然此事别无办法，你就必须被抓到网里——看见在那边水里漂浮的网了吗？你怕它吗？"

"如果它能给予我渴望的所有东西，我就不怕。"金鱼勇敢地说。

"历尽艰险，你就能得偿所愿。"海神王允诺道。他让金鱼从自己手指间掠过，目睹他勇敢地游向那张等待捕捉各种猎物的网。眼见网格网住金鱼，海神王伸出手，将第二条鱼放了进去。然后，他捋着绿色胡须，继续在大大小小的孩子们当中散步。

那条金鱼怎么样了？

他被捉到渔网上面等着的渔夫小船上，同一网中还捉住了一条银鱼，一个身体圆乎乎的可爱家伙，丝绸般光滑的鱼鳍像月光照耀的层层云彩。"原来是一对漂亮的鱼！"渔夫心想，他把鱼儿带回家去取悦他的小女儿。为让女儿的喜悦更加圆满，他先买了一个球形玻璃缸，在缸底撒上沙子、贝壳和小砾石，在当中放上一根珊瑚和一缕海藻。然后，他在缸里装满水，将金鱼和银鱼放进去，并把这个玻璃小世界放在小屋窗边的桌子上。

金鱼高兴极了，他游向银鱼，喊道："你就是来自天空的月亮吧！瞧啊，这个世界多圆啊！"

他从玻璃缸的一侧望出去，看见了花园里的花儿和树木；从另一侧望出去，看见了壁炉台上用乌木和象牙制作的黑白两色的大象，那是渔夫从国外买回来的；再从另一侧望出去，他看见墙上贴着呈扇形的孔雀羽毛，上面有金色、蓝色和绿色的眼睛；从第四面望出去，他看到墙壁托架上有一座挂着铃铛的小型中国寺庙。他看着这个球体的底部，看到了珊瑚、沙粒和贝壳这些自己熟悉的世界。再往上看球体的顶部，他看见一男一女和一个孩子，正微笑着从球体边缘向下看他。

他高兴得跳跃起来，并对银色新娘喊道：

"哦，月亮鱼，我比太阳更伟大！因为我给予你整个世界，

不是半个。它的顶部、底部和一切都是圆的，到处充满奇迹！"

从此之后，玻璃缸就成了金鱼的世界。

穷人岛的奇迹

在海上不远处，有一座女王的欢乐岛。每当女王想寻开心，就会从陆地的王宫驶向那里。她乘坐一艘镀金的帆船，船上丝绸彩旗迎风飘扬。整个朝廷都陪伴着她，甲板上还有乐队，她在鲜花和音乐的陪伴下来到欢乐岛。在那里，她要么搞野餐，要么在树荫下跳舞。凡是能够使岛屿繁荣丰盛的东西，都纷纷从陆地运往那里。

在更远的大海上，有一座贫瘠的渔岛。这里没有丰裕的物资，生活就像一场艰苦的战斗。岛上土地贫瘠，到处是乱石沼泽。在这些地方，草木难以生长。是的，岛上唯一一种花，就是小洛伊丝的白色小玫瑰。洛伊丝爸爸的小茅屋位于教堂的避风处，教堂位于乱石遍地的小岛中央。他勉强拼凑了一小块土地，在结婚当天从陆地带来一株玫瑰树，将它栽种在门边。在年轻新娘的精心

照料下，小树自然得以生长。她死之后，洛伊丝又像妈妈那样，精心照料这棵树，因为她对树的了解，就如同对妈妈的了解。树长得并不高大，花也开得不多，有时还会受到海风侵蚀，但它是岛上唯一一种花，渔民们都引以为豪。花儿由洛伊丝照料，但似乎属于全体岛民。它是岛花。

穷人岛四周遍布危岩，所处位置使它暴露在狂风暴雨之下。有时，一连好几天渔船都不敢出海，陆地上的人也不敢靠近小岛。渔民们很穷，储存不了多少粮食，又不能自己生产粮食。因此，在渔船不能出海的时候，日子就过得更加艰难。天气好的时候，男人们抓紧时机捕鱼；妇女们则将捕获到的大部分鱼腌制起来，以备家人食用；多余的就拿到陆地上去卖点钱，回来的时候买回一些面粉、盐和修补渔网所需的用具。但是男人们总共只有几条赖以进行贸易的渔船，几乎没有时间送他们的妻子到陆地去再接回来。因此，妇女们只能等到退潮时才能回岛。因为这里的潮汐与众不同，每月一次。在满月大海退潮时，陆地和岛屿之间就只剩下光秃秃的沙地。海床裸露的时间很长，足够妇女们带着一篮一篮的鱼快速经过沙地，把鱼卖给海滩上的商人，再买回几样急需的物品。然后，妇女们成群结队地穿过一片片岩石和延绵的沙地，在潮水涌来把她们隔开之前赶回穷人岛。有时，她们不得不

抓紧时间，甚至来不及买齐要买的东西，因为她们害怕被汹涌而来的潮汐吞没。

一天晚上，退潮之后，女王从欢乐岛望出去，看到一队妇女正匆忙赶回家。她以前从没有注意到或想到过她们，但今晚这情景触动了她。光秃秃的沙滩上，一个个小水塘闪耀着五颜六色的落日余晖。她的小岛像一颗闪闪发光的宝石，她的夏日宫殿、花园、喷泉和亭榭在阳光下闪耀，而她自己身着丝绸银袍，就像是仙国的女王。而那边，在废墟上，裸足的妇女们穿着褪色的衣裙，背上背着筐，拖着沉重的脚步前往穷人岛。远处的穷人岛就像一块石头，不像宝石，而像一块普通的卵石。然而，女王心想，那上面也许有一些珍贵的东西。"多么悲哀呀，在穷人岛上生活是多么悲哀呀！"她这样想。突然，她把手放到胸口上叹了口气，

因为女王也有烦恼，也许穷人的烦恼还没有她的烦恼大呢。

女王派人找来管家，对他说，"我想去穷人岛看看。"

"那是女王陛下新的消遣，"管家说，"什么时候去？"

"后天。"女王说。

第二天，管家捎信给穷人岛，说女王要来。女王本来没让他这样做，但是管家认为这样很恰当，应该让岛民有机会为即将赐予他们的荣誉做准备。他们的确把这当荣誉。这种事以前从没发生过。女王本人要来！他们怎么欢迎她呢？他们在哪里迎接她呢？

"我们就在教堂里迎接她。"牧师说。

他们怎么款待她呢？教堂该不该为女王装饰一番？男男女女们聚到一起来商量这件事。他们没有东西可供装饰教堂。有一丛玫瑰，开着白花的岛花，但他们可以用玫瑰吗？"不行"，洛伊丝爸爸说，"如果我们这样做，当女王问我们'你们岛上最美丽的东西是什么？'我们就没有东西给女王看了。但现在我们还可以带她去看那丛玫瑰，那会让她高兴的。"

大人们商议的时候，小洛伊丝正在床上。她脑子里满是明天女王到来时的情景。

天亮了，人们聚集在海滩上，牧师也和他们在一起，只有洛伊丝留下来清扫教堂门廊的台阶。因为头天晚上下了雨，台阶上溅满稀泥。然后，她跑去追赶别人，生怕自己会迟到。就在这时，只听"哗"一声，她踏入了路中央的一个大水坑，水深没过脚踝。她沮丧地看着打湿的双脚，她并不在意自己，而是在意这是女王的必经之路，泥泞的路面太宽，根本没法落脚。穷人岛怎么能让女王在泥地里行走呢？瞧，女王金色的帆船就要靠岸了。必须赶快想办法，因为她很快就要来到这里。

洛伊丝加入到海滩上的人群之中时，女王已经上岸了。女王同牧师说话。她一边听牧师介绍孩子们的名字，一边亲吻那些孩子。一些朝臣和她在一起，他们跟着她踏上了通往教堂的那条坑坑洼洼的道路。"真是被上帝遗弃的地方！"洛伊丝听一个人对另一个人说，因为他们精美的官鞋踢到了石头上。当他们走近她尽了最大努力去修补的那片水沼地时，她那颗心紧张得怦怦直跳。她的衣物会完好无损吗？是的，女王走了过去，双脚是干的。

教堂内，人们起立唱歌。没有风琴，但牧师定好了音调，人们就放声唱起一首赞美之歌。这首歌唱完后，牧师讲了几句感恩上帝的话，感谢他派女王来看望他们。洛伊丝目不转睛地盯着女王美丽的脸庞，看见她的眼睛就像那路面一样湿润。洛伊丝曾试图保护她。可是谁又能保护女王不流泪呢？

人们唱完另一首歌，全部走出教堂。这时，女王说："我可不可以看看你们的家，看看你们怎样生活的？这里的生活非常艰苦吗？"

牧师正要回答"是"，但洛伊丝的爸爸却走上前，坚定快乐地说："依我说，人生何处不艰难。但是再艰难，也没艰难到拿不出一点儿美丽的东西给人看的地步。我们穷人岛的人也一样。"

"你有什么美丽的东西？"女王问道，"我可以看看吗？"

"非常乐意，夫人。是一丛玫瑰。"

乡亲们围着女王，急忙向她解释："是的，夫人，是一丛你从未见过的玫瑰！白玫瑰，夫人！是岛上唯一的花儿。现在正开花呢，夫人。有九朵玫瑰花，还有三朵即将开放。那是岛上的快乐，夫人。让我们领你去看看，就在教堂后面几步路的地方。"

穷乡亲们簇拥着女王转过墙角，富人们跟在后面。当骄傲的人群兴高采烈地来到那里，当洛伊丝爸爸领着女王到门口去看玫瑰时，却什么也没看见。只见地上有一些散落的泥土，玫瑰已被人连根拔起。穷乡亲们倒吸一口凉气，朝臣们在一旁窃笑；拐角处，洛伊丝正跪在那里哭泣。她身边是那丛玫瑰的绿叶和白花。她把它们撒在地上，以免女王把脚弄湿。

女王乘坐金色的帆船离开了，参观到此结束，穷人岛上的生

活一如既往。女王离开的时候下定了决心：她会送一把风琴去教堂，她会把路修好，她会替穷人重修小屋，一车一车的土壤会运过去，每个人都该有一座小花园。她会做所有这些事情。可是，还没来得及做任何事情，她就死了。

女王死于神秘疼痛的消息传到了穷人岛。在她下葬时，穷人们用泪水埋葬了她，这是她在岛上充满内心和眼眶的泪水。没有人流过这样的泪，那是她自己的泪水；她死的时候，也没有别的人关心他们的事业。当然，女王的泪水现在已经干涸。是什么感动了她业已被人遗忘，她本来想做的事情也没有做成。穷人岛上的生活一如既往，只是岛上不再有鲜花。

没人责怪洛伊丝的所作所为。他们说她做得对；换他们当中任何人，也会这样做。女王来拜访他们的时候，他们不能让她在泥泞中行走。现在她死了，他们很高兴女王没有走泥泞的路。可是洛伊丝很伤心。她为玫瑰伤心，为女王伤心。为安慰她，爸爸答应再给她买一株玫瑰，不管要花多少钱。

又到满月时分。海水再次退潮，妇女们又排成长队越过裸露的沙滩前往陆地。这一次，洛伊丝的爸爸也去了，他衣袋里揣着一枚好不容易攒来的硬币。他们买了鱼，买了东西；洛伊丝的爸爸买了一小株玫瑰，还是白色的。假以时日，它可能又给岛上带

57

来喜悦。正当他讨价还价时，一个女人跑来拍了拍他的肩膀，"快点！"她说，"天空看上去好吓人。"

他看了看天空，回答道："是的，我们必须赶快。这样的天色我以前只看到过一次，当时潮水冲来，女人们还没反应过来就被吞噬了。"

妇女们全都成群结队地越过沙滩。渔夫匆忙追赶她们。她们

唯一的念头，就是在海水到来之前抵达穷人岛。

岛上只剩下一两个姑娘、孩子和牧师。男人们都在另一边的海上。岛上的人眼看天空越来越暗，感觉到了空气中预示危险的气息。他们来到海边，守望妇女们归来。洛伊丝也来了，望眼欲

穿地守望爸爸。在阴暗潮湿的远方沙地上，他们的妈妈像小蚂蚁一样朝这边移动。她们已经离开陆地，但还要走很远的路。这时，最可怕的事情突然发生了。潮水滚滚而来，包围了穷人岛。潮水波涛汹涌，像一匹匹脱缰的野马，一浪接一浪朝远处那一小队人冲去。没指望了，没人救援，没有躲避之处。在她们回来之前，潮水一定会吞没她们。

牧师跪在岩石上祈祷，所有的孩子也一起跪下，边祈祷边哭泣。只有洛伊丝在他们中间站着，凝视着。因为被遗弃的女王的快乐岛还闪着淡淡的微光，除了洛伊丝，别人似乎都没有看见；灯光中，女王就站在那里。虽然她像梦中人一样遥远，洛伊丝还

是清楚地看见了她，就像在教堂里人们唱歌时看见她一样。但她不再泪湿双眼，她脸上露出了可爱的微笑。她正对着洛伊丝微笑，手里还拿着九朵带绿叶的白色玫瑰花。当狂野的绿浪带着白沫滚到贫穷岛岛民的脚下时，女王将绿叶和玫瑰花抛到了海水上。海潮滚滚，淹没了两个岛屿之间的所有空间。可是，好奇怪啊！淹没空间的并不是绿中带白的海水，而是一堆堆绿叶和白花。玫瑰花海连接着两个岛屿。花海之上，妇女们脚不沾水回到孩子们身边，洛伊丝的爸爸也带着买给她的新花种平安归来。

　　直到今天，人们还在谈论这一奇迹。如果你不信，不妨亲自去一趟穷人岛，那里的玫瑰仍在生长。

吻桃树的小女孩

在西西里岛的林瓜洛萨，曾经居住着一个名叫玛丽埃塔的农家小女孩。那一带乡村遍地是果树，有桃树、杏树和明亮的柿子树。一年之中，杏树的粉红色花朵最早开花，橄榄树的树叶总是绿油油的，葡萄园里挂满了当季的白色葡萄和紫色葡萄。农民的生活质量取决于果树，果树就是他们的财富。

水果之乡位于一座大山脚下，山中央有火，山顶有一个洞。有时，大山发起怒来，就从洞里将烈火和火红的岩浆喷向空中；如果它非常生气，就会一连好几天喷射出炽热的熔岩流，熔岩像锅里煮沸的粥一样流出洞口，火焰飞上半空，高达数百英尺；炽热的熔岩块从火焰中喷涌而出，落在它要下落的地方。岩浆像河流一样从山上一直往下流，毁灭途中遇到的一切，使宜人的土地变成一片荒漠。熔岩所到之处，空气异常灼热，没人能够呼吸和

生存。因此，在大山的阴影里耕种土地的农民，总是过得提心吊胆，生怕大山发出愤怒的咕噜声。遇到这种情况，他们便乞求圣安东尼平息大山的愤怒，拯救他们的果树免遭毁灭。

这样的大怒并不经常发生。玛丽埃塔七岁了，还没有听到过大山真发脾气时的咕噜声。一天早晨，大哥哥贾科莫碰巧回家待一两天，她一个人在自己的小桃树生长的那块地上玩耍。这块地位于她哥哥土地最远处的角落上。在那片地区的所有果树中，这棵树长得最靠近大山。在她出生那天，贾科莫为她种下这棵树。她爱这棵树胜过爱世界上的一切。她把树当朋友一样，同它说话。贾科莫有时会逗她，问她的同伴今天怎么样。

"小姑娘今天很快活。"桃花盛开时，玛丽埃塔会这样回答；桃树结果时，她可能会说："小姑娘今天很健壮。"可是后来，水果被采摘吃掉了，玛丽埃塔有时会回答："小姑娘走了，她不再来玩了。"

"那个小姑娘，她长什么模样？"贾科莫会问。

"非常非常漂亮。她欢笑歌唱，一直不停地舞蹈。她身着绿衣服，头上插着鲜花。她去陪山神大王了，可她不想去。"

然后贾科莫会笑一会儿，并拨弄玛丽埃塔的黑色卷发，在家负责做饭的老祖母卢西亚会对着他摇一摇头，嘴里嘀咕道："可能就是这样，可能就是这样的，谁知道呢？"

这一天，贾科莫不在家，玛丽埃塔正在采摘鲜花，对着桃树喋喋不休地说话。这时，她感到大地一阵震颤，听到空气中传来充满怨气的咕噜声。她在别的时候也有过这种感觉，听到过这种声音，但她总是自言自语："山神大王因为某件事情生气了。"这声音吓得在林间干活的男女们呆立当场。他们凝望着大山，心里充满了恐惧。

不一会儿，他们知道，最可怕的事发生了。它可能会持续很长时间，也可能只持续一会儿，但火热的岩浆已开始喷出山顶，很快就会抵达这片果实累累的平原。

那天晚上，老卢西亚对玛丽埃塔说："跟我来。"

"我们去哪里？"玛丽埃塔问道。

"去村里，去乞求圣安东尼。带上你的鲜花。"

玛丽埃塔把早晨采来的鲜花装满小围裙，跟着卢西亚去了村里。农民们不分老幼，都从四面八方聚到那里。村子里的人已经离开房屋，在教堂里跪下了。几乎所有人都带来鲜花，将鲜花摆放在圣安东尼雕像的脚下。

玛丽埃塔也将满兜的鲜花摆在他脚下，然后跪在卢西亚旁边祈祷。

“我乞求什么呢，卢西亚妈妈？”她说。

“乞求大火别落到我们头上。”

于是玛丽埃塔按照吩咐祈祷，一直到跪累了。然后她站起身，发现村里的一些孩子在教堂高大圆柱后面的阴影里玩耍。她和他们一起玩，不久就睡了一会儿，然后又再次醒来，看到更多从山坡上来的农民进入教堂，妇女们披着披巾，男人们穿着毛皮衬里的红色旧外套，身边带着孩子。有些人带着一捆捆衣物和家用物品，那是他们在逃离袭击家园的炽热熔岩流时匆忙收起来的。

整整一夜，人们都待在教堂里，祈祷熔岩流停下来，或者偏离方向。一大早，他们就出去凝望大山。乍一看，他们就知道祷告没起到作用，熔岩流经了他们的土地。随着熔岩迫近，空气已经变得异常灼热发烫。

老卢西亚高举双手痛哭起来，许多人也一齐痛哭。这时，神父说：“要有信心，我的孩子们！”然后他吩咐一些男子将圣安东尼的塑像抬出去，放到炽热熔岩流所经过的空地上。男人们进入教堂，将塑像抬出来，然后抬着塑像穿过村子，将它安放在神父指示的路上。妇女儿童跟在众人后面，她们挤在圣像四周，收集更多鲜花放在圣像的脚下。

接着，在晴朗的黎明里，随着山上的灼热气浪朝他们扑面而来，人们全跪倒在路上。神父高举双手，再一次祈祷苍天让熔岩流改道。

可熔岩仍在向前流动。

最后，神父转身对着人们，含着热泪说："我的孩子们，奇迹仍然有可能发生，但是我绝不能再让你们留在这里。这里太危险。你们必须舍弃你们的家园、果树和上苍的怜悯，赶快走。"

农民们站起身，心里无限悲哀。他们各自回家去拿上几件随身物品。离开之前，他们都走进果园去亲吻果树。然后，一大群人来到路上，匆匆忙忙离开再也见不到的家园。每条路上都有一股逃离熔岩的人流。卢西亚和玛丽埃塔与其他人走在一起。

不一会儿，卢西亚感到有人拽她的衣服。"卢西亚妈妈！卢西亚妈妈！"玛丽埃塔说。

祖母低头看着下面："怎么了，我的小家伙？"

"卢西亚妈妈，他们为什么亲吻果树？"

"祝福它们，拯救它们，看上帝是否有意。"

"卢西亚妈妈，我还没亲吻我的桃树。"

"那可怜的小桃树！"老卢西亚叹了口气，"它将是最先离去的。"

"我必须回去吻它，卢西亚妈妈。"

"不行，不行，现在不行。那无济于事，只是一种感受。空气越来越热。我们必须尽快离开。"

在拥挤的人群中，老卢西亚尽快往前走。她感到有一个孩子拉着自己的衣裙，没有去多想。她一心只想着快走，直到她听到有人沿路呼叫自己的名字。"卢西亚妈妈！卢西亚妈妈！你在哪里？你在那里吗？卢西亚妈妈在哪里？"

"我在这里，我在这里。"老太太说。十多个人的声音一齐高喊，"她在这里！"大家把她推到前面，与贾科莫面面相对。贾科莫在回家的路上看见一大群人朝他走来，看到山上火热的熔岩流将要吞噬他的房屋和土地。但他当时想到的并不是自己的房屋，而是自己的小妹妹玛丽埃塔。见到卢西亚,他的眉头舒展开了。他说："谢天谢地！孩子呢？"

"她在这里。"老太太说着，将拽着她衣裙的孩子拉到前面，可那不是玛丽埃塔，是思蒂法诺，是驼背的孩子。

"咦，怎么会这样？"卢西亚困惑的惊呼道,"玛丽埃塔呢？"她大声呼唤玛丽埃塔的名字，人们也一齐呼唤。可是没用，玛丽埃塔不见了。

突然，卢西亚高举双手叫道："我知道了！我知道了！圣徒慈悲！她回去亲吻桃树去了。"祖母急忙转身，跌跌撞撞地穿过

66

人群。大家纷纷为她和贾科莫让路。贾科莫一颗心吓得怦怦直跳。几乎没有在意匆忙前往的地方已经像火炉般灼热，这个大男人和老太太以最快的速度沿着通向大山的路走去。他们走过了村庄，走过了鲜花丛中的圣安东尼塑像，走过了属于邻居的许多果园和葡萄园，最后来到山脚下属于自己的一席之地。他们没有停下来往家里看上一眼，而是迎着灼热，穿过土地前往玛丽埃塔的小桃树生长的远处一角。

在那棵桃树下面，他们找到了她。她双臂抱着桃树，脸颊贴着桃树，两眼紧闭。她身旁有一座圣安东尼的小雕像，这座雕像平时放在卢西亚大妈的房间里，而玛丽埃塔把它放在桃树前面，雕像的脚上放了一束鲜花。

贾科莫俯身观察自己的小妹妹，然后说："她睡着了，她的皮肤是凉的。"

"谢天谢地！"卢西亚说，"空气也没那么热了。"

他们再往山上看。他们非常惊讶地看见，熔岩流在山脚下拐了一个弯，沿着他们的地边流动了一段路后，停下来了。

"真是奇迹。"老卢西亚说。

玛丽埃塔动了一下，睁开眼睛，看见大哥哥正俯身看着自己。她跳了起来，用双臂箍住他的脖子。

"贾科莫！噢，见到你我真高兴！贾科莫，你知道你离开的时候发生了什么吗？山上的大王生气了，遣下了一条火河。我去教堂给圣安东尼献花，贾科莫，我一整夜都在教堂里，和其他人在一起！早晨我们出去，把圣安东尼放到路上，然后跪在地上，直到空气变得很热，然后人人都亲吻果树后逃走，可是我忘了亲吻我的小桃树，贾科莫。所以我就回来，拿圣安东尼去保护她，然后我吻了她，她好烫，把我吓了一跳。可是小桃树说：'别怕，玛丽埃塔，山神大王要回去了，只要我和他一起走，而我愿意回去，因为你回来吻了我，所以睡吧，睡吧，玛丽埃塔，别害怕。'于是我就睡着了。山神大王在哪里？"

贾科莫说："他已经回去了，玛丽埃塔。"他紧紧抱着她，越过她的头顶看着身后的卢西亚。老太太看看他，看看玛丽埃塔，再看看那棵桃树和大山，嘴里嘀咕道："也许真是这样，也许真是这样，谁知道呢？"

手摇风琴

从前，有一个旅行者走远路。他没能在天黑之前赶到那里，所以只好连夜赶路。

沿途要穿越许多树林，翻过许多山丘。一路上没有城镇，没有村庄，连房屋都没有。因为天太黑，他看不清路。不一会儿，他就在一个树林中迷路了。

那一个夜晚天很黑，他什么也听不到，两眼一抹黑。于是，为了壮胆，他就开始自言自语起来。

"我现在怎么办呢？"旅行者说，"是继续走，还是静静待在原地？如果继续走，我可能会走错路，到早晨会发现越走越远了。可如果停下来，我就不会比现在离家更近，说不定还要走七英里路才能吃早饭。现在怎么办呢？假如我停下来，我该躺下还是站着？如果躺下，可能会睡到刺上面；如果一直站着，两条腿肯定

会抽筋。怎么办呢？"

旅行者说到这里，其实也没说多少话，就听到林中传来一阵音乐声。他一听到声音，就不再自言自语。在那种地方听到音乐，实在令人惊讶。不是人在唱歌或吹口哨，也不是演奏长笛或拉小提琴。在此时此地，那样的声音任何人都希望听到。那天夜里，在黑暗的树林里，旅行者听到的音乐是手摇风琴的乐曲。

乐曲声让旅行者快活起来。他不再觉得自己迷了路。那乐曲让他觉得离家已近在咫尺，拐个弯就能到。他朝音乐声走去。走动时，他似乎感觉花草在脚下颤动，树叶在脸颊上跳舞。走到离乐声很近的时候，他喊道："你在哪里？"他确信那里有人，因为手摇风琴不可能在树林中自己演奏。他猜得不错，因为他刚一喊"你在哪里？"就有一个快乐的声音应道："我在这里，先生！"

旅行者伸出手，摸到了手摇风琴。

"等一等，先生。"快乐的声音说，"让我先演奏完这首曲子。乐意的话，你可以随着音乐跳舞。"乐曲响亮而欢快，旅行者的舞也跳得很欢快。他们俩高兴地合作了一曲。

"妙呀，妙呀！"旅行者说，"十岁的时候，我在后街跟着手摇风琴乐曲跳过一次舞，后来就再也没跳过。"

"我看也是，先生。"手摇风琴手说。

"来，给你一便士。"旅行者说。

"谢谢你，"手摇风琴手说，"我好久没挣到一便士了。"

"你走哪条路？"旅行者问。

"随便哪条都行，"手摇风琴手说，"对我来说都一样。我在哪里都能演奏手摇风琴。"

"不过，"旅行者说，"你得到房屋的窗前去演奏，要不然，人家怎么把便士扔出来呢？"

"我又不缺那一便士。"手摇风琴手说。

"不过，"旅行者又说，"你需要去有小孩子的后街呀，要不然，谁跟着音乐跳舞呢？"

"唔，这倒被你说中了，"风琴手说，"曾几何时，我每天都在那些房屋窗前演奏，直到我挣到十二便士。每天剩下的时间里，我就去后街演奏。我每天花掉六便士，存六便士。可是有一天，我感冒了，只好卧病在床。当我病愈出去时，在一条后街发现了另一架风琴，另外还有留声机、竖琴和小号。因此我明白，我该退休了。现在，只要高兴我就演奏，不论在哪里都一样。"

"可谁来伴舞呢？"旅行者又问。

"树林里不需要人伴舞。"风琴手说着，转动手摇风琴的手柄。

乐曲声一响起，旅行者就感觉到花草树叶上下飞舞，空中到

处是飞蛾和萤火虫；满天星光闪耀，就像后街孩子们一样翩翩起舞。在闪烁星光的照耀下，旅行者似乎看见，刚才什么都没有的树林里涌现出许多鲜花，它们争先恐后地从青苔地破土而出，随着乐曲声摇曳着枝头。刚才还静悄悄的两三条小溪，现在也开始流动起来。旅行者心想，夜里除了鲜花、溪流、星星、飞蛾和萤火虫外，一定还有许多他看不见的东西在跳舞。树林里上上下下都有东西在跳舞，天不再黑暗了，月亮已经从云层后面跳出来，在天上四处滑行。

还没等月亮露脸，旅行者早已跳起舞来。他像十岁时那样起劲地跳，直跳到听不见风琴的乐声为止。因为他已经跳离了树林，来到大路上。城市的灯光在远方闪耀，回家的路就在眼前。

巨人与小虱子

　　从前有一个巨人，长得太高太大，大到没人看得到他。他双腿很长，走起路来一步跨出去好远好远，没人从这一头能看见另一端。他的头高耸入云，眼力再好的人，也看不到他的头。因为没人能一下子看见他的全身，因此没人知道巨人的存在。

　　有时人们感觉到他的脚步震动大地，就会说：

　　"又发生地震了。"

　　有时人们感觉到他的影子从头上掠过，就会说：

　　"今天的天真暗！"

　　有时他弯下腰来挠脚，人们感觉到他的呼吸，就会说：

　　"唷，好大的风！"

　　人们对他只了解这么多。

　　尽管人们很小，对巨人的了解却超过了巨人对人们的了解。

巨人体型庞大，却没有脑子。他的腿可以走路，肺可以呼吸，脑子却不能思考。他从来不去想这些，而是满足于整天走路，或者静静站立，要么整夜睡觉。如果饿了，他就张嘴吃一两颗星星，用嘴唇把它们从天上咬下来，就像你从树上摘下樱桃一样。

与此同时，有一只小虱子，小到没人看得见。他太小，小到蚂蚁都看不见，这对他也许是件好事，因为如果蚂蚁看见他，也许早将他吃掉了。对他来说，一粒沙子就像一座高山。他一辈子也爬不过一枚六便士的铜钱。这样你就可以想象，他从出生的地方，一天天只能移动多么短的一点点距离，但他自己从来不知道。

对他来说，很短的一段路，对你就像是一百英里路。虽然他的身子走不远，他的脑子却能走很远。因为虱子有脑子，能思考。实际上，他几乎浑身都是思想，他的想法有巨人那么大，巨人却根本没有思想。

天上地下分别坐着一位能洞悉一切的天使。对他们来说，没有什么过大过小、太远太长的东西。一天，天上的天使对地上的天使说：

"今天你看见了什么？"

"我看见一个巨人，"地上的天使说，"他力大无比，能够把

世界掰成两半。"

"我很了解他，"天上的天使说，"说不定哪一天，他可能不假思索就将世界分裂成两半。"

"今天你看见什么了？"地上的天使问。

"我看见一只小虱子，"天上的天使说，"他脑力发达，如果有力量，他可以创造一个新世界。"

"我经常看见他，"地上的天使，"成天尽去想他创造不出来的世界。"

碰巧有一天，巨人躺下来睡觉，右手指尖覆盖了一亩地，小虱子恰好在这亩地里。第二天早晨，巨人起身的时候，指甲缝带走了那亩地，也把小虱子带走了。不一会儿，巨人用手去挖耳朵。这样做的时候，他手指甲缝里藏着小虱子的泥土也掉进了耳朵。对巨人来说，这点泥土只不过是一粒灰尘。过了一段时间，这粒灰尘从巨人的耳朵进入了巨人的脑子。这事一发生，就随之发生了一些奇妙的变化。

从来不会思考的巨人突然开始思考起来，他并不知道是小虱子在替他思考。小虱子从来没有一点儿力气，现在突然感到自己有力量创造世界，打碎世界，但他并不知道，自己的力量是在巨人身上。在他们俩看来，他们是一个生物，而不是两个生物。虱子的思想使巨人想做各种事情，巨人的力量使虱子能够贯彻自己的各种想法。

　　现在，世界各地到处开始发生各种可怕的事情。巨人和小虱子合力撕裂一座座大山，让海水涌入，他们又舀起河水，洒进云里。他们搬起月亮和星星漫天乱转，每到晚上就把它们排列成不同的图案。他们用食指和手指握住风，把风举到太阳旁边，把太阳光都吹灭了。然后，他们又用手指在地球中央挖个洞，取出一把火，重新把太阳点亮。最后，这世界开始显得虽不像末日来临，但却像遇到了没完没了的末日。它一会儿向前，一会儿向后；一会儿向上，一会儿向下；要么就不停地旋转，要么由里向外翻个个儿。总之，就像小虱子和巨人的想法一样，说变就变。

　　这时天上的天使对地上的天使说：

　　"这样下去可不行。他们俩会让天地变得混沌，直到没人分得清。"

　　地上的天使应道："只有一个办法能够制止他们，就是必须把他们变成普通人一般大小。"

　　"噢，可是，"天上的天使说，"我们不仅必须让他们大小与人相同，还必须让他们相互看一看对方，好让他们永远知道，他们不是一个生物，而是两个。"

　　这件事一瞬间就办妥了。巨人的身躯缩小成一个体格魁梧的正常人大小，小虱子从巨人眼中看出去，看见了他所寄居的躯体，他以前从未看见过。与此同时，巨人获得了透视自己体内的能力，他发现了小虱子。

　　"你好！"巨人说。

　　"你好！"虱子说。

　　"你在那里做什么？"巨人问。

　　"我只是进来看看。"虱子说。

　　"那好，就待在那儿吧，"巨人说，"我们俩可以设法做点事情。"

　　"不能做坏事。"虱子说。

　　于是他们在这一点上达成了共识，地上的天使和天上的天使相视而笑。

　　从那一天之后，巨人和小虱子就没有做成任何事情，因为想法不同，他们很少取得一致意见。

小姐的闺房

从前，有一位小姐住在雪白的闺房里。里面的一切都是白的：围墙和天花板是白的，丝绸窗帘是白的，柔软的羊皮地毯是白的，象牙小床的亚麻床单也是白的。小姐认为，这是世界上最美丽的房间，住在里面会整天乐呵呵的。

但是，有一天早上，她望着窗外，听到花园里传来的鸟鸣声，禁不住长长地叹了一口气。

"唉，天呀！"小姐叹道。

"你怎么了，小姐？"窗口传来一个细微的声音，原来窗台上坐着一个仙女，还没手指头大，她脚上穿着一双很小的鞋子，像四月草一样绿。

"噢，是仙子！"小姐嚷道，"我对这间纯白的房间已经厌倦透了！如果这个房间是绿色的，我会多高兴啊！"

"说得对，小姐！"仙子说完一跃上床，仰躺在床上，用她两只小脚朝着墙壁踢了一下。一眨眼工夫，白色房间变成了绿色，绿色墙壁和屋顶，绿色天花板，绿色的纱窗，像树林里青苔一样绿的地毯，铺着绿色亚麻床罩的绿色小床。

"啊，谢谢你仙子！"小姐叫道，她高兴地笑了起来，"现在，我会成天乐呵呵的！"

仙女飞走了。小姐在绿色房间里走来走去，快活得像一只小鸟。可是有一天，她望向窗外，嗅到了花园里的花香，立即又叹息起来。

"噢，天呀！"小姐叹息道，"噢，天呀！"

"你怎么了，小姐？"一个细微的声音问道，小仙女又坐在窗台那里，摇晃着一双小脚，脚上穿着像六月玫瑰花瓣一样红的粉红鞋子。

"哦，仙子！"小姐大声说道，"我向你要绿色房间是犯了一个错。我现在非常厌倦绿色房间！我真正想要的是粉红色房间。"

"没问题，小姐！"仙女说完一跃上床，仰卧在床上，用两只小脚对着墙壁踢了一下。刹那间，绿色房间变成了粉红色，墙壁和天花板是粉红色的，锦缎窗帘是粉红色的，地毯像粉红的玫瑰花瓣，红木小床上铺着粉红色的床罩。

"噢，谢谢你仙子！"小姐拍手叫道，"这正是我一直想要的房间。"

仙女飞走了。小姐在粉红色房间里安顿下来，高兴得像一朵玫瑰。

但是有一天，她望向窗外，看到花园里飘舞的树叶。还没明白是怎么回事，她就已经像风一样叹息起来。

"噢，天呀！"小姐叹息道，"噢，天呀，噢，天呀！"

"你又怎么了，小姐？"仙女的细微声音叫道。仙女穿着一双像十月的树叶一样的金色鞋子，在窗台上跳来跳去。

"哦，仙子！"小姐叫道，"我厌倦了粉红色的房间！我真想不通，我怎么会向你要粉红色的房间，我一直想要金色房间。"

"没问题，小姐！"仙女说。她一跃上床，仰卧在床上，用两只小脚踢了一下墙。一瞬间，粉红色房间已经变成了金色，墙壁和天花板金光灿烂，窗帘像金色的蜘蛛网，地毯像刚落下的柠檬树叶，金色的小床铺着金色的床罩。

"哦，谢谢你，谢谢你！"小姐叫道，她高兴得手舞足蹈。"我终于有了想要的房间了！"仙女飞走了，小姐在金色房间里跑来跑去，轻松得就像一片叶子。可是，有一天晚上，她从窗户望出去，看见花园上空星光灿烂，不禁又唉声叹气起来，好像永远也止不

81

住哀叹。

"现在又怎么了，小姐？"窗台传来那个细微的声音。仙女站在那里，脚上穿一双和黑夜一般黑的鞋。

"噢，是仙子！"小姐叫道，"都怪这金色的房间！我受不了明晃晃的金色房间，要是能换一个黑色的房间，我有生之年都绝不再要别的房间！"

"小姐，你的问题在于，"仙女说，"你根本不知道自己需要什么！"她一跃上床，仰卧在床上，两只小脚往外一蹬，墙壁垮塌了，天花板落了下来，地板陷下去，小姐站在黑夜的星空下面，一间屋子都没有了。

七公主

你听说过为了头发而活的六个公主的故事么？这就是那个故事。

从前，有一个国王娶了一个吉卜赛女人为妻。他对她小心呵护，仿佛她是玻璃做的一样。他把她安置在王宫内栅栏围起来的公园里，从不让她出去。王后痴情到不肯告诉他自己多么渴望到外面去，但她一连几个小时坐在宫殿的屋顶上，向东遥望草地，向南遥望河流，向西遥望山川，向北遥望集市。

后来，王后为国王生下一对如日出般活泼聪颖的双胞胎女儿。在给孩子施洗礼这一天，国王一高兴，就问王后想要什么礼物。王后从屋顶向东望，看见了草地上的五月景象，就说：

"我要春天！"

国王召来五万名园丁，吩咐他们每人从外面带回一束野花或

一株桦树苗，然后种在栅栏里面。一切办妥之后，他陪同王后在花园里散步，让她看这一切，并且说：

"爱妻，给你春天。"

可王后却叹了口气。

第二年，王后又生了两个如清晨般美丽的公主。在施洗礼这一天，国王又让王后挑一件礼物。这次，她从屋顶上往南方看，看到了峡谷中波光粼粼的河水。她说：

"我要那条河！"

国王召集来五万名工匠，叫他们把河水引入公园，以便在王后的休闲场地为一个最美丽的喷泉供水。

后来，他领着妻子来到喷泉流入大理石池子的地方，对她说：

"现在你有河水了。"

但王后只盯着池子里引来的起起落落的喷泉水，耷拉着头。

下一年，王后又生了两个如白日般珍贵的公主。当问她挑选礼物时，她从屋顶上看着北边繁华的市镇说：

"我要人！"

于是国王派出了五万名号手前往集市。他们不久就回来了，从集市上带回六名诚实的妇女。

"亲爱的王后，这些人是你的了。"国王说。

王后偷偷擦了下眼睛，然后将六位美丽的小公主交给六个健美的妇人照顾，以便公主们各有一位保姆。

第四年，王后只生下一个女儿，一个小不点儿，皮肤像王后一样黝黑，而国王却长得高大英俊。

"你挑选什么礼物？"给女儿施洗礼这天，他们站在屋顶上时，国王问道。

王后把目光转向西边，看见一只林鸽和六只天鹅从山上飞过。

"啊！"她叫道，"我要那些鸟！"

国王马上派出五万捕鸟人前去捕捉那些鸟儿。他们走后，王后对国王说：

"亲爱的国王，我的孩子们在她们的小床上，我在王后宝座上，可要不了多久，那些床就会空，而我将不再在宝座上。那一天到来时，我们七个女儿中，哪一个会成为未来的王后呢？"

国王还没来得及回答，猎鸟人就回来了，还带回了鸟儿。国王看了看将圆圆的小脑袋埋在羽毛里那只卑微的鸽子，再看看长着洁白长脖子的高贵天鹅，对王后说：

"头发最长的公主当王后。"

于是王后打发人叫来六个保姆，把国王的话告诉了她们。"所以请记住，"她补充道，"要毫不怠慢地为我的女儿们洗头、刷头、

梳头，因为你们要倚靠未来的王后。"

"谁给七公主洗头、刷头、梳头呢？"她们问。

"我亲自来做。"王后说。

每个保姆都想让自己的公主成为王后，并为此焦虑万分。每到晴朗的日子，她们就会带孩子们到鲜花盛开的草地上，就着喷泉水洗头，把头发摊开，在阳光下晾干。然后，她们开始为公主们梳理头发，把头发梳理得像黄色丝绸一样闪光发亮；再后来就用彩带扎好，在头发里插上鲜花。你从未见过公主们的头发有多可爱，没见过保姆们护理头发有多麻烦。六个漂亮女孩不论走到哪里，那六只白天鹅都紧随着她们。

但是，那个又小又黑的七公主从来没用喷泉水洗过头。她们在屋顶上和那只鸽子一起玩耍时，王后就用一块红手帕把她的头发悄悄遮起来。

最后，王后知道自己大限已到，就派人把女儿们叫来，一个一个地祝福她们，然后叫国王带她到屋顶上去。在屋顶上，她逐一遥望草地、河流、集市和山川，最后，她闭上了眼睛。

就在国王眼泪未干之时，大门口响起一阵号声。一个侍从跑来禀告，说世之王子来到。于是国王打开城门，世之王子走进来，后面跟着一个仆人。王子穿着金衣，披着好长好长的斗篷，他往国王面前一站，斗篷散开有一间屋子那么长。他帽子上的羽毛好高好高，顶端都触到了天花板。王子的仆人走到前面，那是一个衣衫褴褛的青年。

国王说："欢迎你，世之王子！"并伸出手去。

世之王子没有回答，他站在那里紧闭双唇，眼睛看着地面。可他衣衫褴褛的仆人却说："谢谢你，国王！"他握住国王的手，尽情摇了摇。

这让国王大吃一惊。

"王子本人不能说话么？"他问。

"如果他能的话，"衣衫褴褛的仆人说，"也没人听见他说过。正如你所知，这世界由各种各样的人构成：有能说话的和不能说话的，有富人也有穷人，有能思考和不能思考的，有扬首望天也有俯首下视的。现在，我的主人选择我做他的仆人，因为在我们俩的世界里，他是王子。因为他是富人我是穷人，他思考事情而我做事情，他俯瞰大地我扬首望天，他沉默不语我喋喋不休。"

"他来干什么？"国王问。

"来娶你的女儿，"褴褛的仆人说，"因为这世界由各种人构成，所以必须有女人和男人。"

"这没问题，"国王说，"可是我有七个女儿。他不能都娶呀。"

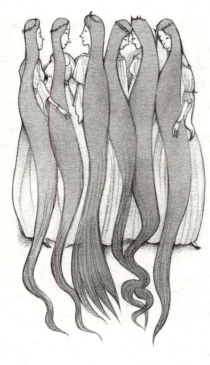

"谁头发长，他就娶谁。"褴褛的仆人说。

"派人把女儿们叫来，"国王说，"现在到了该量一量头发长度的时候了。"

于是七个公主都被叫到国王跟前。六位公主由各自的保姆陪着走进来，又黑又小的七公主一个人走进来。衣衫褴褛的仆人把她们一个个快速看了一遍，可王子却始终低着头，没看任何人一眼。

然后国王差人去叫宫廷裁缝，让他带上卷尺。裁缝进来时，六位公主把盘起的头发放下来，一直垂到身后地板上。

她们一个个量了头发，六个保姆在一旁骄傲地观看——她们六人不都竭尽所能地精心

护理小公主的头发了吗？可是，哎呀！由于她们花在公主头发上的精力完全一样，六位公主的头发全一样长。

朝臣们全都愣住了，保姆们绝望地搓着手，国王揉了揉王冠，世之王子看着地面，褴褛的仆人朝七公主看去。

"如果我小女儿的头发和其他几个的头发一样长，"国王说，"那我们怎么办？"

"我不认为一样长，陛下。"七公主说。在她解开头上的红手帕时，姐姐们在一旁焦虑地看着。她的头发的确和姐姐们不一样长，因为被剪得很短，像男孩子一样贴着头皮。

"谁剪掉你头发了，孩子？"国王问道。

"妈妈剪的，"七公主说，"每天我们坐在屋顶上的时候，她就用剪子剪头发。"

"好呀，好呀！"国王叫道，"不论谁做王后，都轮不到你！"

这就是六个公主为头发而活的故事。她们的余生都用在让保姆们梳洗护理头发上了，直到她们的头发像六只天鹅一样洁白。

世之王子的余生都在垂头丧气地等待，要等到六位公主中的一个长出最长的头发，成为他的王后。但这事一直没有发生，因为据我所知，他一直在等待。

可是七公主重新系上红手帕，从宫廷里跑出去，跑到山川河

流草地和集市上，而那只鸽子和破衣烂衫的仆人也一直跟着她。

　　"但是，"她说，"世之王子在宫廷里没有了你该怎么办呀？"

　　"他必须竭尽所能，"衣衫褴褛的仆人说，"因为这世界由各种各样的人构成，有的人在宫廷内，有的人在宫廷外面。"

少女的玫瑰

　　村子坐落在山谷里。约翰、玛丽与爸爸妈妈一起居住在村中的一间小屋里。在周日，小校舍的铃声响起时，他们便去上学；在礼拜天，小教堂铃声响起时，他们便去教堂做礼拜。

　　山上有一栋大宅子，少女和伺候她的仆人们居住在那里。在柏树和橘树之间有一条很长的石梯。她在石梯上走上走下，要么在玫瑰花园里踱步。那里有世界上最美丽的玫瑰花园。

　　这座山很高，山谷很深，因此人们之间绝少上下往来。有一条银色的河流从宅子所在的高处流向低处的农舍。将人们联系在一起的，似乎只有这条河。

　　放学之后，玛丽到厨房里帮妈妈做事，不到十岁就学会了烤制适合献给女王的小馅饼；约翰和爸爸一道去菜园里种地，不到十二岁就学会栽种适合献给国王的白菜。闲暇的时候，两兄妹就

91

和同学们一道去野地里玩耍，或者到山上流经山谷中央的浅水河里去划船。

在六月炎热的一天，正当他们在浅水河里戏水时，他们看到远处漂下来两个小小的斑点。

"有船漂下来了！"约翰叫道。

"还有红色和白色的帆。"玛丽说。

"我要红帆那一艘。"约翰说。

玛丽说："我要白帆的。"

可是，小船漂近时，孩子们发现它们不是船，而是玫瑰花。

以前，他们从未见过这样颜色、这么大、这样香的玫瑰花。约翰拿到红色玫瑰，玛丽得到白色玫瑰，两人拿着各自的奖品欢天喜地跑回家去。

爸爸妈妈看见玫瑰时，爸爸说："太美了！要是能在自己花园里种出那样的玫瑰，我将会十分自豪！"妈妈则嚷道："好漂亮呀！要是能在房间里摆上那样的玫瑰，我就会成为一个快乐的女人！"

然后爸爸问道："孩子们，你们从哪里弄来的玫瑰？"

"是从山顶上顺水漂下来的。"约翰说。

"啊！"爸爸叹了一口气，"这么说，它们来自小少女的玫瑰花园，不是冲着我们的喜好而来。"

然后他出去挖白菜，妈妈继续揉面团。

可约翰和玛丽却偷偷溜出了小屋。约翰对玛丽说："我们去找小少女的玫瑰园，求她给一棵玫瑰树苗，让爸爸妈妈自豪快乐。"

"我们怎么去找呢？"玛丽问道。

"我们沿着玫瑰漂下来的路上山。"

"那是什么路？"玛丽问。

"这条河。"约翰说。

于是，他们沿河逆流而上，接近山顶时，被一道大铁门阻住了去路，铁门通向他们见过的那段最长的石梯。石梯上，小少女正缓缓地拾阶而上。走到山顶上的喷泉边时，她转过身，又慢慢地沿着石梯一级级走下来。走到石梯底部时，她看见了约翰和玛丽贴在栅栏门上的两张小脸。

"你在做什么？"约翰问。

"数石梯有多少级。"小少女回答道。

"为什么？"玛丽问。

"因为我没事可做。"小少女说。

"你干吗不去种白菜？"约翰问。

"花园总管不让我做。"

"爸爸就让我种白菜！"约翰说。

"妈妈还让我烤馅饼！"玛丽说。

"你们真幸运！"小少女说，"你们是谁？"

"我叫约翰。"约翰说。

"我叫玛丽。"玛丽说。

"你们的家在哪里？"

"在山谷中的村子里。"

"你们来做什么？"

"为爸爸要一棵红玫瑰树苗。"约翰说。

"为妈妈要一棵白玫瑰树苗。"玛丽说。

"噢！"小少女叫道，"你们看见我从河上送下去的玫瑰了？"

"你为什么要把玫瑰送下去？"约翰问道。

"想带一个人回来。你们无法想象，没人一起玩有多么无聊。如果你们愿意留下来陪我玩，你们就能得到一棵玫瑰树苗，而我的花园总管根本分不清两种玫瑰的差别。"

因此，约翰和玛丽就留下来陪小少女玩了一整天。他们在她的玫瑰花园里玩，在她的大屋子里玩，直到后来玩累了。于是她送他们俩回家，每人带走一棵玫瑰树苗。他们把树苗交给爸爸妈妈，说那是他们一生中过得最快乐的一天。

可到第二天，小少女发现数石梯比以往更无聊。因此，当她来到大铁门口时，第一次打开铁门，跑下山去。走进村子时，她径直走向约翰和玛丽家的农舍，推门进去说：

"我要学烤馅饼，种白菜。"

"你会学会的！"妈妈说。

于是，少女的双手先是弄得像面粉一样白，然后像泥土一样黑。回家的时候，她带回去一棵白菜、一张面饼，并且说那是她一生中最快乐的一天。

此后，每当感到孤独时，她就知道她需要跑下山去，或者放下去一片玫瑰招来一个孩子。白玫瑰招来小女孩，红玫瑰招来小男孩。

有时，她采来一裙兜玫瑰花，让它们顺水漂下去。在那些天里，人们就看见村里的孩子一个个都往山上跑，前往少女的玫瑰花园。

过去那些日子

在过去的日子里，某国有一位议员路过一个地方。他看见一个卫兵在那里前后左右、来回不停地走正步，走过去又返回来，过去走多少步，回来也走多少步。议员仔细注视了一会儿，又看了看卫兵守卫的地方。附近没有建筑，没看见大门，没有人和物需要守卫。

"你在这里做什么？"议员问道。

"执行命令。"卫兵说。

"什么命令？"议员问。

"在这个方向走多少步，在那个方向也走多少步。"

"为什么这样？"议员问。

"不知道。"卫兵说。

议员前往司令部。

“为什么让一个卫兵在那样的地方担任警卫？”他问道。

“那个地方一直有警卫。”他被告知。

“可这是为什么？”

“记录上有这命令。”

“谁下的命令？”

没人知道。

“什么时候下的命令？”

没人记得起来。

“真蠢，”议员说，“必须修改命令。”

于是，他们便开会修改命令，卫兵被撤走，到别的地方站岗去了。因为，既然那里空无一物，派人去守卫还有什么意义？

其中缘故，且听我慢慢讲来。

这是个真实的故事。在过去那些日子里，有一位女王在花园里散步。你猜她看到了什么？她看到一朵花。

你是不是会说："哦，我一点儿不觉得惊奇？我也一点儿都不感到惊奇。毕竟花园里不长花，难道还会长别的东西？"

还会长杂草，你可能会说。噢，是的，这很有可能！我知道有一些花园里的杂草长得比花还多，但那些都是小女孩小男孩

98

们的花园，他们忘了照管花园，尽管他们许下了很多诺言。可这是女王的御花园，有一个花园总管、一个清除杂草的主管和一个割草主管。因此你能看到花园里面的鲜花。可是，当女王看见这朵花时，还是惊讶不已，因为这花比她以前见过的每一种花都更美丽。

是什么花？哦，这无关紧要。它可能是一朵玫瑰花，也可能是一个羽扇豆，可能是一种枝头摇曳的铁线莲花，也可能是根蒂紧贴地面的三色堇。真正重要的是，不论属于哪一种花，它都是这类花中最美的一朵，它让女王高兴得屏住了呼吸。

她每天来看这朵花，都怀着同样的喜悦。后来，有一天早晨，她走进御花园时，看见剪花主管正在大量地剪花。

"你在干什么？"她问道。

"女王陛下，我在剪花是为陛下晚上的舞会做准备。"

听他这一说，女王紧张得心都提到了嗓子眼。她急忙来到那朵花生长的角落。发现那朵花还在那里，她如释重负！从惊慌中平静下来后，她派人把将军叫来说：

"将军，我要你专门派一名士兵，日夜守护这个地方。"

"天啊，天啊！"将军说，"遇到危险了吗？"

"是大危险。"女王说。

99

　　将军弯下腰，谨慎地检查那地方："这下面埋有火药？有一条敌人可以潜入的秘密通道？还是女王陛下将王冠宝石埋在地下了？都不是？那么，那会是什么？"

　　"将军，"女王说，"为什么我的王宫周围日夜都有警卫？"

　　"因为陛下龙体对全国臣民来说十分重要。"

　　女王指着那朵花问道："你是否见过比这更美丽的花？"

　　"从没见过，陛下。"

　　"我也没有，"她说，"这朵花对我来说十分重要。因此，立即派一名士兵来这里站岗，以确保它不受伤害。"

　　她的意愿得到了满足，命令被记录在案。不到一小时，一个英俊的年轻士兵就在这里来来回回、上上下下不停地走正步；过来走多少步，回去也走多少步。那年的整个夏天，一直有卫兵在那里站岗。每天女王来赏花，他就伸出手臂供女王搭手；女王弯腰去闻花香，他就立正站在一旁。

　　暑去秋来，花瓣落地，叶子日渐枯萎，可仍然有一个士兵在御花园的角落里不分昼夜地站岗。因为命令持续有效，一直没有撤销。

　　冬去春回，御花园又鲜花烂漫，女王又日日前来赏花。

　　她还去看那朵花吗？也许去看，也许没看。但不论她去还是没去，在日出日落之时，士兵仍一如既往地在那里站岗放哨，因为那是命令。

光阴荏苒，女王死了，新的女王或国王相继即位。老将军换成了新将军，园艺师也由儿孙们顶了班。御花园的苗圃变了样，石柱花换成了百合花，桂竹香取代了金鱼草。城里的街道也变了样，昔日繁华的街道变得冷冷清清，曾经冷清的街道却变得车水马龙。

全国地貌变了样。草坪修建起来了，森林消失了踪影，山丘被削平，河流也改了道。

全世界的国家都变了样。一国并入了另一国，一个国家消亡了，另一国却像洪水一般在大陆上泛滥开来。

人们的思想领域也发生了变化。过去对的东西，如今成了谬误；过去愚蠢的事，如今成了明智的事；以前有过的东西，如今不复存在。

唯一没有变化的，是记录在案的那道命令。在过去的日子里，女王命令一个哨兵去守卫她喜爱的鲜花生长的地方。只要一道命令还记录在案，就必须要贯彻执行。那就是为什么在一个贫瘠的地方，一个哨兵年复一年地操着正步来回行进，过来走多少步，回去也走多少步。

直到有人说"这真愚蠢！"才把哨兵调走。假如连你都不知道那里是否有一件美丽的东西，这样的保护又有什么意义呢？

一便士的价值

一

从学校出来的时候，乔尼·穆恩在地上捡到一个便士。只有梅布尔·芭拉德看见他捡钱。

"哎呀，你真走运！"她说，"你打算怎么花这一便士，乔尼？"

乔尼·穆恩心里已有打算。"巧克力。"他说。

二

乔尼·穆恩没有回家吃饭，也没有回家吃茶点。到睡觉的时候，穆恩太太开始担心起来。以前乔尼中午不回家的时候，她曾经去过学校周围。她家离学校只有五分钟的路程。乔尼来去经过的那

个苏赛克斯集市她也不担心，有好几个孩子同路呢。而且，乔尼
已经五岁，是一个大男孩了。

在询问过包括芭拉德在内的孩子之后，穆恩太太跑遍了糖果
店。乔尼没去糖果店。如果去了，糖果店的人会记得的。他出了
什么事？遇到车祸了？不对，警察局什么都不知道；诊疗所也不
知道。被吉卜赛人拐走了？很快，霍盖特区的人都得知，穆恩被
吉卜赛人绑架了。

乔尼·穆恩并没有被吉卜赛人绑架，他在购买价值一便士的
东西。

三

任何人都可以进入波特糖果店、威特海姆夫人商场或小蛋糕
房，在柜台上放一个便士，就能买走一块巧克力。但是有一次，
那是很久以前的事了，乔尼·穆恩被带到镇外的车站，去迎接来
自朴茨茅斯的汤姆叔叔。那是一个重要事件，因为在此之前，乔
尼从未去过霍盖特车站。那次记忆中留下的深刻印象，不是车站
的繁忙与喧嚣，不是那张红色新面孔的大个子叔叔的寒暄，他在
昏暗的购票大厅门口与他们相遇（穆恩太太有很多事要做，无论

什么事总会迟到一会儿，所以他们到达时已经气喘吁吁），不是栏杆外面比穆恩太太喘息得更厉害的巨大引擎，也不是看见一列火车在另一条轨道上冒着浓密的白烟不停奔跑时的激动心情，而是看见一个男孩往一台高大的机器里投入一个便士，然后摇一下手柄，就神奇地掉出一块巧克力。这块巧克力与在商店、商场或糕点房里买到的一便士巧克力大不相同！有朝一日，向那台机器投入自己的一便士，摇一下手柄，得到一块精美的巧克力，就成了乔尼的强烈心愿。单是摇一下手柄的兴奋，就值四分之一便士；有机会听火车头喘息，听另一列火车尖叫，这又值两个四分之一便士还多。因此，当乔尼捡到一便士可以随便花的时候，他就不闻不问，马上迈开两条肥胖的短腿，转身朝火车站方向走去。他来到车站的时候，穆恩太太正在念叨着："这个鬼孩子，怎么不按时回家？"

四

机器就在那里！他的强烈愿望就要实现了。乔尼·穆恩跑向最近那一台机器，一颗心怦怦跳着，把幸运的一便士投了进去，接着就用小手去摇手柄。事情十分顺利，一下子掉出一张小小的

硬纸站台票。

他简直不敢相信自己的眼睛。这台神奇的机器在和他玩什么吓人的鬼把戏？他把手柄转回去，又摇了一下，机器还是没有打开。他那一便士没有了，他的机会也消失了，根本没有神奇的巧克力。实际上，能做的，就只有哭了。

五

一位女士来到他跟前。她弯下腰，看了看那张站台小票，然后掏出手帕为他擦眼泪。"怎么了亲爱的？别哭！你是怕一个人去喧嚣的站台么？跟我来。我去接伦敦来的小女儿。你去接谁？"

"朴茨茅斯来的汤姆叔叔。"乔尼·穆恩说。

像变魔术一般，他一下子止住了眼泪。眼前发生的一切，好得令人不敢相信。他抓着女士的手，发现自己穿过一小群人，经过一个小门，进了一个很大的宫殿，只有屋顶没有墙，原来是停放火车头的宫殿。这是另外一个世界，里面充满了独特的气味、景物和声音。这里到处是通往陌生地点的小商店和一道道门；有一些台阶向上通往玻璃屋顶，向下可进入石砌的地下通道；纵横交错的站台出现在他眼前，站台之间是凹陷下去的路基；远处静静地停放着一列火车，旁边靠得很近的另一列火车发出一声轰鸣，吓了乔尼一大跳；一列火车喘着粗气驶过来，挡住了后面的站台。

女士紧握住乔尼的手，挥舞着另一只手喊道："那就是我的小女儿！格拉迪丝！格拉迪丝！搬运工！亲爱的格拉迪丝，我们在这里！搬运工！行李车上有一口箱子——哦，搬运工！朴茨茅斯来的下一列车在哪个站台进站？"

"五号站台。"搬运工说。女士用手指着对乔尼说："从这里下去，亲爱的，然后一直走，看见五号就是——你认得数字，对吗？"

"认得。"乔尼说，然后跑下石阶进入神秘的地下通道，生怕在弄清通道通往哪里之前，被人给拦住。

六

他在通道里待了很长时间。这个地方真好玩，他舍不得马上离开。在那里，你的脚步声跟在外面听起来不一样，而且通道里阴暗、凉爽，感觉很舒服。你可以大摇大摆地走路，可以跺脚，还可以假装成火车头拖着一列火车，从这一端跑到另一端。你发出"呜——呜——呜"的尖叫声，声音听起来也不一样。你信心

更足，一口气连跑三个来回也不停歇。每跑一次，你叫得更大声，脚跺得更重，跑得也更快。有人看着你笑了起来，但人们在来来往往地忙碌着，没人来打扰你。有时，通道里就只剩下你一个人。这样来回不停地跑，你会经过许多出口，那里有陌生阶梯上面照下来的亮光，每一个阶梯上都有一个数字，你跑过这个阶梯时嘴里就喊道，"一！二！三！四！五！六！"你喊出的数字，也会传回一种奇怪陌生的回音。

不一会儿，一个推手推车的搬运工说："躲开，小家伙！"并且非常严厉地瞪着乔尼。乔尼躲到一旁，让他过去，然后又跑到离他最近的那个阶梯上去。

又回到了温暖的阳光下，可站台已不是先前那个站台。越过两座站台，他可以看到他进来的那道门，可他现在已经位于这个新世界的中心。有很多人站在成堆的行李旁边，或坐在椅子上等候。不远处一张网下面躺着一头小牛犊。乔尼大摇大摆朝它走去，嘴里叫着"哞——哞！"乔尼还用手指穿过网眼，去摸小牛柔软的鼻子。小牛在网里向后缩，也朝着乔尼"哞——哞"地叫唤，就像是地下隧道里传出来的回音。

这个站台中央有一间小屋子，里面的玻璃柜台里放满了食物和点心。这时，乔尼才突然感觉到自己还没吃饭。他走进去，目不转晴地盯着玻璃展柜里面的甜面包，直到柜台后面的女孩子停下和一个水手谈话，说道："你选好了吗？"乔尼才慢慢挪步离开。那个水手叫道："喂，小朋友！"乔尼还没明白怎么回事，一个甜面包就已塞到他的手里。他赶紧跑到外面去吃，免得那女孩子追来抢回去。他心想，最好还是到远一点儿的站台去吃，于是又走入了地下通道。

在台阶口他撞上了一个小女孩，她拿着一把铲子和水桶，后面跟着一大家子人，有爸爸妈妈和兄弟姐妹。尽管是乔尼撞上了她，她还是说："噢，对不起！""没事。"乔尼说。"我去了里拉木墩，"小女孩解释道，"现在要回克拉帕姆。我有一些薄荷糖。"她掏出用手绢装的一袋薄荷糖，递给乔尼。他拿了两块。"我叫多琳达。那就再见，我必须走了。"

"再见。"乔尼说，接着便走向六号站台附近，而多琳达则回到一号站台去。

六号站台是露天站台。站台上静静地停放着一列很小的火车。周围没有一个人，乔尼便爬进一节车厢，里面有一张铺着红色坐垫的座椅，坐垫脏兮兮的。他在远端角落里坐下来，一边吃面包和薄荷糖，一边看着外面高高的煤堆和远处绿色的树木。正当他吮吸第二块薄荷糖的时候，煤堆和树木混杂到了一起，变幻成红

脸叔叔汤姆，正在教室里同卖面包的女孩说话，不过卖面包的女孩变成了多琳达，还有一头小牛犊想要踢他们。

就在这时，乔尼被颠了一下，站了起来，小火车动了。车开得很慢，煤堆看不见了，绿色的树木变成了绿色的田野，田野上有一个很大的垃圾堆。接着，火车停下了。

"朴茨茅斯！"乔尼·穆恩叫道，他想下火车到外面的垃圾堆上去，那里有一个可爱的、弯曲的自行车轮，可是门被锁上了。他还没走过车厢，火车又像先前开出来那样，慢慢地往回倒车。又看见高高的煤堆了。煤堆上面有一些人，正在往另一边的卡车上装煤。乔尼爬出车厢，越过铁轨上面的木板天桥，去看那些人干活。另外一些孩子也在那里观看。不一会儿，其中一个稍大的男孩往卡车里扔了一块煤。那些大人只是笑了笑。接着，另一个孩子也扔了一块，乔尼也扔了一块。在他扔第五块煤的时候，一个大人冲他们喊道，"滚回去吧，你们这些捣蛋鬼！"孩子们笑闹着一哄而散，乔尼又回到火车头的宫殿里。他又在地下通道里玩开火车的游戏。他走上四号站台的台阶，发现座椅下面有一个纸口袋。纸袋里有一整只火腿三明治，还有两个夹肥肉的夹心面包。他吃掉三明治和面包，剩下肥肉。他把肥肉抠出来时，肉已被弄得黑乎乎的。他又回到小牛犊那个站台，想把肉拿给小牛吃，不料小牛已经不见了。

　　这时他才注意到，天已经黑下来了。火车在夜幕下来来往往，愈加令人兴奋。他走上一座天桥，去看下面飞溅的火花。远处黑暗的乡间闪出一道火焰，他知道又一列火车开过来了。景象如此壮观，他还舍不得离开。

　　一只手突然抓住了他的衣领。他扭动着转过身，抬头一看，却见到搬运工那张面孔。"咦？"搬运工说道，"我先前见过你。你在这里做什么？"

　　"汤姆叔叔要从朴茨茅斯来这里。"乔尼·穆恩解释道。

　　"朴茨茅斯的火车刚刚开走，"搬运工说，"你最好赶紧离开，要不然有人会着急的。快走吧！"

　　到这时，乔尼知道，那一便士的价值已经用完了。

七

　　昏暗的售票大厅里亮起了灯。乔尼走出大厅时，一名男子显得很着急，一个男孩却在高大的机器旁边磨磨蹭蹭，投入了一便士。"快点！"那男的喊道。"可是爸爸，我刚刚——""我叫你快点！不然就来不及了！"男的抓住儿子的手，急匆匆把他拉

111

走了。

乔尼走到孩子投币的那台机器旁，摇了一下手柄，一下子掉出来一块巧克力。

乔尼·穆恩心满意足、慢慢吞吞地往家走，嘴里吮吸着粘有煤灰的巧克力。

摇篮曲

格丽茜尔达·科菲和她的曾祖母住在巷子尽头的小屋里。她十岁，曾祖母一百一十岁。祖孙俩的年龄差异，其实也不如你想象的那样大。要是格丽茜尔达曾祖母的年龄是十岁的两倍、三倍或四倍，那倒真会有很大差异，因为在二十、三十或四十岁的时候，你会觉得与十岁相比有很大不同。可一百是个奇妙的整数，它使得事物周而复始。因此，格丽茜尔达的十岁与科菲曾祖母的十岁非常相仿。虽然她多活了一百岁，却与格丽茜尔达很相近。

科菲曾祖母喜欢格丽茜尔达喜欢的东西。她不像中老年人那样，假装喜欢格丽茜尔达喜欢的东西，她是真心实意喜欢格丽茜尔达所喜欢的一切。当格丽茜尔达穿珍珠项链时，科菲曾祖母就喜欢把大小不等和五颜六色的珠子在盒子里整理好，放成一堆一堆的。格丽茜尔达需要时，就递给她。格丽茜尔达把洋娃娃放到

床上，科菲曾祖母就帮着解纽扣，一面低声同格丽茜尔达说话，直到阿拉贝拉"安然入睡"。如果阿拉贝拉调皮不睡觉，科菲曾祖母就喜欢对她唱"睡吧，睡吧，睡吧！"并把她放到肩上摇晃，直到她安静听话。格丽茜尔达做蛋糕时，科菲曾祖母特别喜欢帮着挑选葡萄干，或碾碎豆蔻果仁。要说蛋糕，她太喜欢了。一次做七个蛋糕的话，她通常要吃掉四个。

科菲祖母还剩下六颗牙齿，别的器官都完好无损。她耳聪目明，嗅觉、味觉正常；她感觉很好，能说会记。不过，她也有记错的时候。发生在上周的事，她有时会记错；发生在一百年前的事，她却能记忆犹新。她走不了多少路，因此，天气晴好的时候，格丽茜尔达就让她坐到窗前，去遥望那条人来人往的巷子。天气特别好的时候，她就把曾祖母带到蜜蜂嗡嗡叫的后花园。夏天，科菲祖母喜欢坐在醋栗丛或木莓藤旁边，坐在青豆荚丛中就更合心意。她说，椋鸟来偷食，她可以挥手将它们赶走。可每当格丽茜尔达来带她进屋时，醋栗丛周围枝头上就有许多红醋栗被人摘掉；或者木莓藤上的大量木莓被采摘掉；或者青豆藤架上悬挂着几十个空青豆荚。见格丽茜尔达在观察这一切，曾祖母科菲就会摇一摇那颗老头颅说："唉，讨厌的椋鸟！讨厌的椋鸟！我刚迷糊了一会儿，它们怎么就飞来偷吃！"

科菲曾祖母枯萎的手指尖染上了鲜红的颜色，布满皱纹的指甲上还留有绿色斑点，格丽茜尔达把这一切看在眼里，但假装没看见。

到了秋天，曾祖母科菲喜欢坐在树篱边。那些时候，她椅子周围的地上就会散落一些绿色的果壳。听到格丽茜尔达走来，她就会盯着地上的壳低声说："噢，这些讨厌的松鼠！这些讨厌的松鼠！"格丽茜尔达什么都不说。

直到睡觉时她才说："太奶奶，你要服药了。"

"我不吃药，格丽茜。"

"不，你要吃药。"

"我不爱吃药。太苦了。"

"良药苦口，对你好。"格丽茜尔达说，手里拿着药瓶。

"我不吃药。我跟你说。"

"要是不吃，半夜你会肚子疼，会被疼醒的。"

"不，我不会肚子疼，格丽茜。"

"我觉得您会，太奶奶。"

"你怎么认为会疼？"

"嗯，我是这样想的。而且我还认为，如果没人把药拿给那些松鼠吃，它们也会肚子疼。"

"哦。"曾祖母科菲答应了。可是当格丽茜尔达把药送到她嘴边的时候，她又不停地摇头喊道："不，我不吃药！要吃的话，贝拉也要吃！"

"好的，太奶奶，您瞧贝拉多听话。"格丽茜尔达将玻璃药瓶斜对着洋娃娃的瓷器嘴巴，"您会和贝拉一样听话的，我知道。"

"不，我不吃！我就不吃！"

"来吧。"

"过后能吃颗糖吗？"

"可以。"

"两颗糖？"

"好。"

"你还要跟我讲故事？"

"要的。"

"还要给我唱摇篮曲？"

"好的，太奶奶。来，现在吃药吧。"

然后，曾祖母科菲终于喝下了那剂苦药。她扮了个鬼脸，一副马上就要哭的样子，格丽茜尔达马上将第一块糖塞进她嘴里，她的鬼脸变成了笑脸。她那双昏花的老眼也明亮起来，贪婪地渴望第二块糖。曾祖母科菲舒适地蜷缩在床上，身上盖着有补丁的被子。她说："格丽茜，今晚跟我讲个什么故事？"

"我跟你讲巨人的故事，太奶奶。"

"是长着三个头的巨人么？"

"对，是那个。"

"他住在一个铜制城堡中？"

"对，就是那个。"

"我喜欢那个故事。"曾祖母科菲说。她点了点头，露出充满希冀的眼光，"那现在就讲吧，当心别漏掉任何细节。"

格丽茜尔达在床边坐下，伸手握住被子下面曾祖母消瘦的小手，开始讲了起来。

"从前，有一个巨人，他长着三个脑袋，居住在铜做的城堡里！"

"哦！"曾祖母科菲松了口气，接下来是短暂的沉默，然后她问道，"你跟我讲过这个故事吗，格丽茜？"

"是的，太奶奶。"

"全讲过了？"

"一字不差。"

"一点儿没漏掉？"

"没有。"

"我喜欢那个故事，"曾祖母科菲说，"现在跟我唱摇篮曲吧。"

于是,格丽茜尔达唱了一首曾祖母科菲曾经为儿子和孙子（格丽茜尔达的爸爸）唱过的一首歌。她的曾祖母又从曾祖母（这歌就是写给她的）那里学会了这首歌。在她很小的时候，她的祖母就将这首歌传给了妈妈和她。

睡吧，睡吧，睡吧！

我摇着孩子入梦乡，

我摇着孩子入梦乡，

睡吧，睡吧，睡吧！

这就是曾祖母传给格丽茜尔达的歌，曾祖母又是从她的曾祖母那里学来的，曾祖母的曾祖母又是从她的外曾祖母那里学来的，她的外曾祖母就是歌中唱的孩子。格丽茜尔达唱了一遍又一遍，一边抚摸着曾祖母被子里的手。她时而停下来仔细倾听，而曾祖母科菲就会睁开一只眼说：

"现在别离开我，格丽茜，我还没睡着呢。"

格丽茜尔达又唱了起来：

睡吧，睡吧，睡吧！

我摇着孩子入梦乡！

我摇着孩子入梦乡！

睡吧，睡吧，睡吧！

她再次停下来听。不料老眼皮又颤动了一下。"我还没睡着呢。别离开我，格丽茜。"

于是格丽茜尔达一遍又一遍地唱：

睡吧，睡吧，睡吧！

我摇着孩子入梦乡！

又停下来。仔细听。"睡吧，睡吧，睡吧！"格丽茜尔达轻轻将小手从被子里抽出来。曾祖母科菲很快睡着了，呼吸就像一个小孩子。

一百一十岁与十岁之间有多么相似，这下该明白了吧。

这一切发生在 1879 年。当时，十岁的孩子上学每周要花两个便士，而一百一十岁的老奶奶没有养老金。你可能会想，格丽茜尔达与曾祖母科菲靠什么生活呢？总之，也许可以说，她们靠的是善良。她们的小屋是每周一先令租来的，租金够低的了，可再低也得想办法才挣得到；而且，格丽茜尔达上学还要每周花两便士。房租是乡村绅士格林托普太太出的。当爸爸去世，留下格丽茜尔达和曾祖母两人孤零零无依无靠时，大家都说：

"科菲老太太当然只能去养老院，格丽茜尔达要去帮人干活。"

不料，人们提出这建议时，曾祖母科菲却倚老卖老，吵闹起来。"我不去养老院！"她说，"我才一百零九岁，还没到那个年龄。我就住在这里，不是还有格丽茜照顾我吗？"

"可格丽茜尔达上学的时候，你怎么办？"前来了解情况的格林托普太太问道。

"怎么办？我有一大堆事要做呢。我坐在花园里，要清除周

围的杂草。我要照看热锅，不让水溢出来；我要提防猫儿偷喝牛奶，防止牛奶煮沸溢出来；我要清洁厨房抽屉，要磨刀，还要擦洗土豆皮做饭。怎么办？你是什么意思？就算我完全走不动了，也没理由坐着吃闲饭呀。"

"可是科菲太太，要是你生病了怎么办？"

"我为什么要生病？我从来没有生过病，一辈子都不会生病。"

"可是科菲太太，房租怎么办呢？"

这一问题，科菲老太太没法回答，格林托普夫人接着劝说："听我说。在养老院你会过得舒服得多。格丽茜尔达可以经常去那里看望你。我带她去我家，帮我照看孩子，我还会教她干厨房里的活儿。"

"她早就会干厨房活儿了，"曾祖母科菲说，"她能像小妇人那样制作蛋糕糖果，还会打扫卫生——我不去养老院，让艾米莉·迪恩那样的懒骨头去吧，她还不到一百岁，就不想干活了。有些人说起话来比《福音书》还要啰唆，我就是要待在这里。"

格林托普夫人叹了口气，心里琢磨着用什么话来打破这一僵局，因为她确信，科菲老太太不能再在那里待下去了。她转过身，对静静地坐在火炉边忙着做针织活儿的格丽茜尔达问道："格丽茜尔达，你说呢？"

　　格丽茜尔达站起身，行了个屈膝礼，然后说道："多谢关心，夫人。我可以在上学前照顾老祖母，中午我可以回来为她做饭，下午我可以到你家照看孩子，直到他们睡觉，晚上回家后我可以照顾老祖母睡觉，条件是格林托普先生乐意让老祖母在小屋里继续住下去。我一定尽最大努力，夫人。我会擦铜器，给灯添油，会叠被子，会缝补衣服和纽扣，我还喜欢给婴儿洗澡，夫人，差不多什么事情都会做。"

　　"你在我家的时候，曾祖母怎么办？"格林托普夫人问。

　　"巷里的邻居会留心她的，夫人。"格丽茜尔达说。她比这位乡绅的妻子更了解穷苦邻居们的善良。

　　"你上学那两便士呢？"

　　"我可以自己挣，夫人。"

　　"你吃什么呢？你必须吃东西的，格丽茜尔达。"

　　"家里有鸡，养着蜜蜂，还有各种蔬菜，夫人。柴火可以到树林中去砍。"

　　"可谁替你做这些事情，格丽茜尔达？"

　　"我早晨喂鸡之后伺候太奶奶起床，晚上等太奶奶睡觉之后再去花园干活。"

　　格丽茜尔达对这一切似乎都很有把握，格林托普夫人只好低声嘀咕道："那好，我去告诉乡绅，看结果会怎样。"

她告诉了乡绅，一切都如曾祖母科菲和格丽茜尔达所愿做出了安排。格林托普先生允许她们继续租用小屋和花园，条件是格丽茜尔达每天去育儿室照料孩子。至于供她上学的两便士，是从住在学校一英里之外的小学生的母亲那里获得的。格丽茜尔达负责每天接送这些小学生。花园里的活儿是个麻烦，可巷子里的邻居们帮了大忙。格丽茜尔达不在家时，邻居们不仅照看曾祖母科菲，还帮着照看蜜蜂和鸡。邻居们给她种子，为她种菜犁地，为她打柴；邻里妇女还为她摘醋栗果和草莓，切碎葫芦做成酱。一年四季，她们穿的都是乡邻们送的旧衣服。不管怎样，格丽茜尔达和曾祖母科菲总算住下来了。因为可以继续在一起生活，她们都觉得非常幸福。

快满十一岁的时候，格丽茜尔达生了一场病。一天早晨，她起床之后感到很不舒服，但她什么都没有对曾祖母说。她生起火，放上水壶，到外面去喂鸡，放蜂，装上一锅土豆做午饭。然后她走进屋，把茶壶温热，冲上茶，把茶壶放到铁架上。然后她伺候曾祖母起床，为她穿上衣服，替她梳理好几根稀疏的白发，给她吃早饭。

"你今早什么都不吃吗，格丽茜？"曾祖母科菲问道，一面

掰碎面包放进茶杯里。

格丽茜尔达摇了摇头，抿了一口热茶，感觉稍好了一点儿。曾祖母科菲没有特别在意，因为格丽茜尔达经常说她不想吃早饭，其实根本原因是早饭连一个人都不够吃，更别说两个人了。但是在出门前，她让科菲曾祖母坐到阳光明媚的窗前，旁边放了一锅土豆、一碗水和一把快刀。

"太奶奶，要是你能把这些土豆的皮削掉，就是帮了我的大忙。"她说。

"好的，我会削完的，"曾祖母科菲说，"等埃本尼泽·维尔科克斯经过的时候，我把他叫进来，让他帮忙把锅放到灶上去。"

　　"那真太好了，"格丽茜尔达说，"我把贝拉留下来陪你，还有两块薄荷糖，一人一个。这次可别把两块糖全都给贝拉！"

　　"她太贪吃了，两块糖她都要。"曾祖母科菲说，她的目光急切地从格丽茜尔达身上转向阿拉贝拉，"你最好留下三块薄荷糖。"她露出可爱而贪吃的笑容。

　　"那样她会生病的。"格丽茜尔达说。她感到自己很不舒服，可硬是勇敢地挺了过去。她将贝拉放在靠窗的椅子上，贝拉的头一下子瘫倒在她大腿上。

125

"我看她已经病了，"科菲曾祖母说着开始刮土豆皮，"我看最好还是我把两块薄荷糖都吃了，免得她肚子疼。"

格丽茜尔达伸手拿过一本书把贝拉支撑起来。科菲曾祖母一辈子只有两本书，一本是格丽茜尔达每个礼拜天都要读的《圣经》，另一本书她压根就没读过。那本书太旧，印刷质量很差，还有不少错别字，但是用来垫一垫破椅子腿，或像今天这样支撑贝拉，还是挺有用的。有书做支撑，贝拉坐立起来简直像活的一样。

"对嘛，这下好多了！"格丽茜尔达说。她心里觉得，只要有贝拉听她说话，太奶奶就不会感到很孤独。"再见，太奶奶，午饭时再见。"

不料，这一次却隔了很久才又再见。

格丽茜尔达走一英里路去接一个小学生的时候，猝然摔倒在学生家门前台阶上，被小学生的妈妈发现了。

"天呀，格丽茜尔达·科菲，你看上去病得不轻！"学生妈妈惊呼道，"一眼便知，你在发高烧。"

格丽茜尔达不省人事，被人急忙送去了医院。她烧得很厉害，两度昏迷，花了好长时间才得以康复。她清醒过来问的第一句话就是，"我太奶奶怎么样了？"

"别担心你太奶奶，"护理她的那个招人喜欢的护士说，"一

126

切都为她安排好了，你放心吧。"

确实安排好了，他们最终还是把科菲曾祖母送去了养老院。

三个月后，格丽茜尔达出院了。她面色苍白，身形消瘦，头发也剪短了。格林托普夫人用自己的马车来接她。马车越来越接近村子时，格丽茜尔达难掩激动的心情。她并不知道实情，还期盼着在下一刻与太奶奶拥抱呢。可是，当马车快速经过巷口，继续朝乡绅家的石门柱跑去时，她一下子感到非常失望。

"停车，快停车！"格丽茜尔达哭了起来。她跪在座位上，用手轻拍马车夫宽阔的后背，仿佛那就是她想要打开的一扇门似的。马车夫回过头来说："那好吧，小朋友，你要去那座大房子，和小少年小姐们一起吃茶点。"

格丽茜尔达坐了回去。与小格林托普们——哈利、科妮、梅布尔和贝贝一起吃茶点，要是在别的时候，她会很乐意。可她现在一心只想拥抱自己瘦小的太奶奶，吃茶点反倒成了一个善意的错误。她猜想，善良的格林托普夫人只是不理解她的心情。假如格林托普夫人也发高烧，病了三个月后第一次去见自己的孩子，她还会这样吗？

其实，格林托普夫人善解人意，超出了格丽茜尔达的想象。她在门前的大台阶上迎接格丽茜尔达，把她搂在怀里说："来吧，

格丽茜尔达，孩子们想看你头发剪短后的样子，都要急死了。不知贝贝还认得出你不？"

"我也想念他们，夫人。"格丽茜尔达温顺地说。

她和格林托普夫人一道走进幼儿室，孩子们围住她叽叽喳喳地说个不停。

"叫我说，格丽茜尔达看上去真漂亮！"哈利嚷道。

"我也要剪短头发！"科妮叫道。她的头发又直又长。

"我才不呢。"梅布尔说。他长着一头卷发。

只有贝贝没有注意到任何变化。他爬过来抓住格丽茜尔达的脚踝，牙牙学语道："格茜——格茜——格茜！"

"他还认得我！"格丽茜尔达惊讶道，"您瞧，夫人，他真认得我，是不是，小可爱？"她把贝贝从地上扶起来，唱起了"我为我的孩子舞蹈！"然后，她迅速转身问格林托普夫人，"请问夫人，我太奶奶没出什么事吧？"

"没有，格丽茜尔达，当然没有。"格林托普夫人说。她的声音有些慌乱，也充满了善意。格丽茜尔达颤声问道："哦，究竟怎么回事？请告诉我，夫人。"

"好吧，格丽茜尔达，"格林托普夫人坐下来，让格丽茜尔达转身对着自己，"我相信你会明白，这一切都是为了她好。你不在那些日子，没有人照顾科菲老太太，而养老院正好空着一间舒适的房间——"

"养老院！"格丽茜尔达惊呆了。

"是角落里的一间屋，在玫瑰花圃后面，你太奶奶有一个漂亮的壁炉，暖和的地毯，有茶有糖，一应俱全。"格林托普夫人话说得不急不慢，仿佛想用一种温馨的氛围来掩盖格丽茜尔达的表情和感受，"村里人都为她骄傲，格丽茜尔达。她是村里年龄最大的居民，到这里来参观的人都坚持去看她，同她说话，还总跟她留下一些好东西。明天你也去看她，给她带一个小礼物。"

"明天，夫人？"

"是的，格丽茜尔达，现在太晚了。"

"我明白了，夫人。那我明天就可以去把她带走。"

格林托普夫人犹豫地说："去哪里，格丽茜尔达？"

"去小屋呀，夫人。"

"唉，你瞧，格丽茜尔达，格林托普先生正考虑卖掉那座小屋。科菲太太在住的地方安顿得不错，也得到了很好的照顾。而且，说真的，亲爱的，你现在身体不好，也干不了以前干的活了。"

"格丽茜哭了，"梅布尔说，"格丽茜，你哭什么呀？"

"安静点，梅布尔，别调皮。格丽茜会留下来，给贝贝做小

129

保姆呢。孩子们，要好好待她。我们很快就要一起去维兹特堡，要去整整六周。想想那该有多好，格丽茜尔达！"

"格丽茜，"科妮拉着她的手说，"吃点茶点吧。"

格丽茜尔达把科妮的手放到一边，强咽下内心的悲伤。她知道，不该让孩子们看到生活中的不幸。对孩子负责任的人，一定会让他们快乐幸福。但即使在医院里最糟糕的时候，她也没有像现在这样难受过。茶点和维兹特堡对她来说毫无意义。

格林托普夫人信守诺言，第二天就带格丽茜尔达去养老院的新居见科菲曾祖母——新家实际上比曾祖母的年龄还要大得多。以前，格丽茜尔达曾经多次经过那道古老的拱形门，里面是一个四四方方的花园，四周则是爷爷奶奶们住的地方。老人们一个个坐在门口晒太阳。住在这座洒满阳光的院落里，确实静谧又舒适。每扇菱形窗户的窗台上都摆着一盆天竺葵、牵牛花或金莲花，每道敞开的门里面都能看到噼啪作响的炉火和铁架上面的茶壶，每个老爷爷都叼着烟斗，每个老奶奶都有鼻烟壶。四合院中央花园分成了许多小块，接受救济的老人每人都有一块。一个年轻的花匠在那里除草修枝，但有的老年人喜欢自己料理花草。有亲属的老人则由儿女们帮着，把花园打理得漂漂亮亮，小有收成。格丽茜尔达跟着格林托普夫人走进去的时候，心里已经在想哪一块地是太奶奶的，她打算用她能凑到的几便士在里面种一些豆类作物和醋栗。

有一两个来访者在信步闲逛，不时停下来，与模样非常有趣的居住者说话。一个漂亮女人和一个精明的绅士在艾米莉·迪恩的门口停了下来，后者正在不停地发牢骚。艾米莉·迪恩一百零一岁，早就成了各所著名养老院的活宝了。

"别信她！"老艾米莉喋喋不休地说，"一句话也不能信。她还不到九十九岁。你们看过她的牙齿吗？她还有六颗牙，我只剩下两颗了。她能比我大吗？不，先生，不，夫人。她有六颗牙，我只有两颗。为什么，这不会没道理！"

"早上好，艾米莉。又遇到什么烦心事了？"格林托普夫人问。

"你早上好，夫人。科菲老太婆，她就是烦心事。一百一十岁？还不到九十九呢！你好，格丽茜，你来接你太奶奶回家吗？快接走吧，越早越好。"

格丽茜尔达心里也这样想。可格林托普夫人只是笑了笑，"不，艾米莉，格丽茜尔达只是来看她的太奶奶，看她在这里生活得有多好。"然后她转身对着那个女人和绅士，她显然认识他们："哦，玛格丽特，哦，教授，你们去看过科菲老太太了？"

"多好的老太太呀。"教授说。

131

"我不是告诉过你吗？"

"只有九十九岁。"艾米莉·迪恩嘀咕道。

那个名叫玛格丽特的漂亮女人和善地看了看格丽茜尔达。"这就是她生病的那个曾孙女了？科菲老太太把她的事全告诉我们了，说她歌唱得好听。你好吗，亲爱的？"

格丽茜尔达行了个屈膝礼，然后说："我很好，谢谢你，夫人。"

"给我们唱支歌好吗，格丽茜尔达？"

"可以，夫人。"格丽茜尔达羞怯地低声说，因为她只为她太奶奶和贝贝·理查唱过。

"改天唱吧。"格林托普夫人说，这使格丽茜尔达松了口气。"我们现在必须去看她的曾祖母。你知道，她们已经有三个月没见面了。玛格丽特，别忘了今晚去我家。要是早一点儿，还能看见理查洗澡呢。"

接着，她们沿着那条洒满阳光的道路走去，在一个角落上停了下来。就在那里，科菲曾祖母坐在她那张很旧的小摇椅里，在火炉边上打盹儿。格丽茜尔达再也无法控制自己的感情，她奔过去紧紧抱住太奶奶。科菲老太太睁开眼说："是你呀，格丽茜，这么说你回来了。他们对你的头发做了什么？"

"我生病的时候，被他们剃掉了，太奶奶。"

"我可不喜欢那样，"老太太说，"他们不该不来问问我就那样做。我们这就回家么？"

"哦，太奶奶！"格丽茜尔达的声音很低。格林托普夫人及时来解围，她说："今天不回家，科菲太太。你现在应该让格丽茜尔达看看，你在这里住得有多么好、多么舒服。瞧，格丽茜尔达，太奶奶和在家里差不多，对吧？她有椅子、被子，你看，还有厚厚的坐垫、书和茶杯，窗台上的花也是从你家花园里弄来的。"

"啊，贝拉！"格丽茜尔达瞥见科菲曾祖母的围巾里露出洋娃娃的眼睛，不禁惊叫起来。

"是的。你一直在替格丽茜尔达照看贝拉，对不对，科菲太太？"

"她听话吗，太奶奶？"

"时好时坏。"老太太说。

"我给你带来了薄荷糖，太奶奶。"

格丽茜尔达把糖包放进那只干瘦的小手里，那只手立即藏到了厚厚的披肩下面。科菲曾祖母突然露出喜悦的眼神，布满皱纹的脸上也露出了狡黠甜蜜的微笑。"艾米莉·迪恩呀！"她咯咯笑了。

"艾米莉·迪恩怎么了，太奶奶？"

"她嫉妒我。我来之前,她年龄最大,现在不是了。她才满百岁,小着呢。不过那没关系。明天你接我回家的时候,她又是最大的了。"

"哦,太奶奶!"格丽茜尔达嗫嚅道。

"明天早上我等你。"科菲曾祖母说。接着,她像婴儿或小动物一样,说着说着就睡着了。

"过来,格丽茜尔达,"格林托普夫人和蔼地说,"我猜你想把贝拉带走,是吗?"

"不,夫人,"格丽茜尔达说,"我把贝拉留给太奶奶,我有贝贝。"

她跟着格林托普夫人走出门,经过石子路走出了养老院。一路上,她一直用女式太阳帽遮住自己的脸。

一整天,格丽茜尔达都在悉心照料贝贝·理查,没有人去打扰她。格林托普夫人非常理解她的心情。当她和丈夫穿礼服吃饭时,就同丈夫商量,"我想这事不太可能,约翰?"

"别管闲事,亲爱的,"乡绅说,"她们俩很快就会习惯的。老太太每天需要越来越多的照顾。小姑娘不可能挣得到房租,再说她也没法照顾老太太。而且,我也不想再出租了。卖房子的钱可以用来修补栅栏,翻盖山谷里那两间屋的屋顶,剩余的钱还可以新盖一座谷仓。农夫劳森已经出价三十英镑，但我认为他会出三十五镑。不管怎么说，那座屋子已经不值得修补，必须卖掉。"

"嘘……"格林托普夫人示意，格丽茜尔达正从门口经过，带理查去洗澡时还在对他哼着歌曲。

"你心肠太软，"格林托普先生说着拧了一下她的耳朵，"别耽搁了，要是我没听错的话，门铃响了。"

应邀赴宴的客人到了。相互亲吻之后，玛格丽特对格林托普夫人说的第一件事就是："我可以看看理查么？"

"他正在洗澡。"格林托普夫人说。

"哦，那太好了！"玛格丽特叫道，接着一言不发，转身朝楼上的育儿室跑去。格林托普夫人跟着跑上去，因为她想亲眼看见玛格丽特见到她乖巧儿子时的情景。她转头对教授喊道："你不来看看吗，詹姆斯？"她确信人人都想去看她儿子洗澡。

"他当然不会去，亲爱的。"格林托普先生不耐烦地说。可教授却非常和蔼地说："我当然要去！"于是，两位绅士跟着两位女士上了楼，在育儿室门口格林托普夫人微微推开门，同时用手指按住自己的嘴唇，因为在四溅的水声和洗浴的贝贝·理查的哼哼声中，传出了格丽茜尔达甜美的歌声：

"睡吧，睡吧，睡吧！

我摇着孩子入梦乡！

我摇着孩子入梦乡！

睡吧，睡吧，睡吧！"

"噢，歌声好动听啊！"玛格丽特低声说。

不料教授快速推门走进去，径直走到浴盆前，对格丽茜尔达说："孩子，你唱的是什么歌？你从哪里学会这首歌的？你知道自己在唱什么吗？"

格丽茜尔达惊讶地抬起头来，一下子变得满脸通红。她把乱蹦乱踢的宝宝从水里提出来的时候说："知道，先生，这是我让太奶奶睡觉时唱的歌。别叫了，小乖乖！要做乖孩子。现在听我唱，'我为我的孩子舞蹈，我为

136

我的孩子舞蹈！'"格丽茜尔达唱起来，理查也随之跳跃。他身上裹着毛巾，在格丽茜尔达的膝盖上一上一下地跳动。

"这首歌是谁教你唱的？"教授问道。

"怎么了，吉姆？"玛格丽特问。

"别插嘴，佩吉，"教授说，"谁教你这些歌词和曲调的，格丽茜尔达？"

"没人教我，先生。太奶奶过去经常唱给爷爷、唱给爸爸听，后来又唱给我听。现在我又唱给她和宝宝听。"

"那是谁唱给你太奶奶听的？"

"她的太奶奶唱的。"

"又是谁唱给你太奶奶的太奶奶听的？"

"别傻了，吉姆！"玛格丽特笑了起来，"小孩子怎么可能知道？那还不得回到威廉玛丽时代去了。"

"我想回到比这更遥远的时代去。"教授说，"现在，格丽茜尔达！格丽茜尔达！听我说！你太奶奶叫你格里希？"

"格丽茜，先生。"

"那好，格丽茜也行。你太奶奶叫什么名字？"

"我太奶奶的名字也叫格丽茜尔达，她的奶奶也叫这个名字。我们都叫格丽茜尔达，就因为这首歌。歌名叫《格丽茜尔之歌》，

先生。"

"是的，这我知道。"教授说，他显得非常惊讶。

"它也叫《我们的歌》。"格丽茜尔达说，一面仔细地擦干理查身上的水。

"小宝贝！"玛格丽特说着弯腰去亲她们。

"别打岔，佩吉。"教授说，"格丽茜尔达，你说《我们的歌》——你们的歌，是什么意思？"

"我是说，这歌是为我们写的，"格丽茜尔达说，"是为我们之中的一个格丽茜尔达写的，那是很早很早以前的事了，但我不知道具体是哪一个。"

"你知道是谁写的吗？"

"德克尔先生写的，先生。"

"完全正确！"教授得意扬扬地说。

"什么事让你这么兴奋，詹姆斯？"玛格丽特问。

"别多嘴，佩吉。听我说，格丽茜尔达，你是怎么知道这首歌是德克尔先生写的——而是为'你们中的一个'？"

"因为都写在书上呢，先生。"

"什么书？"

"太奶奶的书。印刷得很差，还有错别字的那一本。"

"哦，一本印好的书。"教授的声音听起来有一点儿失望。

"是的，先生。可是这首歌就写在扉页上，他在这首歌下面写道'献给我的格丽茜尔·托马斯德克尔。'下面是年月日。"

"哪年？哪月？"

"1603 年 10 月 11 日。"格丽茜尔达说。

"找到了！"教授说。

"你疯了，詹姆斯？"玛格丽特问道。

可教授只顾着问另一个问题，"那本书现在哪里？"

"贝拉坐着呢，我想，先生。"

"贝拉？"

"我的洋娃娃，先生。那本书支撑着她，美极了。"

"贝拉在哪里？"教授的目光快速扫视着屋内。

"我把她留在养老院了，先生，跟太奶奶做伴。"

"就是说，你把洋娃娃给别人了，对吧，坚韧的格丽茜尔？我们明天一起去养老院看你太奶奶。"

格丽茜尔达正在为理查扣上天鹅绒睡衣的纽扣，听此言不由得两眼发光，可她只说了一句，"'坚韧的格丽茜尔'就是书名，先生。"

"是的，"教授说，"这我知道。"

第二天，教授来找格丽茜尔达，然后送她去养老院。他来的时候，她还没喂完理查第一瓶奶。格林托普夫人说："噢，你可真是一只早起的鸟儿，詹姆斯！"教授回答道："我要捉虫子嘛。"

他们发现科菲曾祖母还在床上，靠着枕头，贝拉就在她身边，正从打着补丁的被子里探出头来。她焦急地望了格丽茜尔达一眼说："格丽茜！我们这就回家么？"

"这位先生想看一看您那本书，太奶奶。"

"哦，想看就看吧。就在那边，窗台上。"

教授拿起那本陈旧的皮革书，小心翼翼地翻开，先看扉页，然后再看封里，每次都不住点头，显出很高兴的样子。然后，他在科菲曾祖母身边坐下来，像医生一样说："跟我讲讲这本书吧，科菲太太。您还记得有关这本书的事情吗？"

"记得！"科菲曾祖母愤怒地叫道，"我当然记得！我记得我的太奶奶对我讲她的奶奶对她讲的话，就像是在昨天。他们把我当什么人？像艾米莉·迪恩一样可怜、一样脑子不中用的老古董吗？"

"当然不是，科菲太太。告诉我，您还记得些什么？"教授说。

一提到过去，科菲曾祖母的眼睛变得比以往任何时候都更明

140

亮。"我的太奶奶,"格丽茜尔达从没听见过她说话如此清楚,"出生于奥伦治的威廉亲王坐上王位时,上帝保佑他,太奶奶的奶奶当时已经93岁,不过并没有活过94岁,可怜的人。但是,她把写在书上那首歌为我太奶奶唱了十一年,那是她爸爸在她出生那一年为她写的,既有印刷本,也有手抄本。"

"托马斯·德克尔先生。"教授说。

"就是那名字,先生。"

"你的祖先?"

"好像是,先生。"

"他可是个很有名的人,科菲太太。"

"我并不感到惊讶,先生。"

"你太奶奶的奶奶叫什么名字,科菲太太?"

"格丽茜尔达,先生。"

"那你叫什么名字,科菲太太?"

"格丽茜尔达,先生。"

"这个小女孩也叫格丽茜尔达喽。"

"她当然叫格丽茜尔达。噢,天呀!"科菲曾祖母咯咯地笑出了声,"问来问去就问同一个名字。"

"科菲太太,你该知道这是一本很有价值的书。你愿意卖给

我吗？"

科菲曾祖母带着狡黠、甜蜜而贪心的微笑看着他："有多大价值，十先令？"

教授迟疑了一下："比那值钱得多，科菲太太。"

格丽茜尔达突然鼓足勇气说道："对不起，先生，能值三十五英镑么？"

教授又迟疑了一下，然后说："我认为它能值五十英镑，格丽茜尔达。不管怎样，只要你太奶奶愿意卖给我，我就给她五十英镑。"

"哦！"格丽茜尔达低声道，"谢谢你，先生！"

"你感谢这位先生什么，格丽茜？"科菲曾祖母语气犀利，"那是我的书，不是你的。"

"这我知道，太奶奶。"格丽茜尔达焦急地说。

"我就是不卖给他——"老太太固执地说。

"噢，太奶奶！"

"在十先令以下。"科菲曾祖母说。

教授哈哈大笑，格丽茜尔达几乎要哭出声来。

"好了，格丽茜，收起这副狼狈样吧。"科菲太太说，"为什么不扶我起来让我穿好衣服？他们把你的头发怎么样了，

142

孩子？"

"我住院的时候，他们给剃掉了，太奶奶。"

"你住院了？"

"是的，太奶奶，您不记得啦？"

科菲曾祖母呆呆地看着格丽茜尔达被剪短的头发。"我不喜欢这样，"她说，"他们不该不经我允许就这么干。"她突然显得非常疲倦，"扶我起来，给我穿好衣服，格丽茜。我想回家。"

"就今天下午，太奶奶，今天下午就回去！"格丽茜尔达答应道。她将托马斯·德克尔写的那本《坚韧的格丽茜尔》塞到教授手里，然后以最快的速度冲出了小屋。格丽茜尔达也没敲门，就气喘吁吁地闯入乡绅的书房说："哦，对不起，先生，对不起，格林托普先生。如果农夫劳森给你三十英镑买我们的小屋，那我们给你三十五英镑，哦对不起，格林托普先生，我们给你五十镑！"

毋庸赘述，等教授随后赶来时，事情就明朗了。当格林托普先生明白科菲曾祖母真有五十英镑财产时，当他听到格丽茜尔达又哭又笑地请求允许她带曾祖母回家时，听到她答应在曾祖母不需要她照料时一定来照看贝贝·理查时，他马上就让步了。他说："好吧，格丽茜尔达，就以三十五英镑把房子卖给你，剩余十五英镑由我替你保管，在你和你曾祖母需要时再给你。"

143

　　当天下午，格丽茜尔达乘坐格林托普夫人的双人四轮折篷马车前往养老院，后面还跟着一辆格林托普先生的农用马车。她把科菲曾祖母、曾祖母的《圣经》、坐垫、茶杯、补丁被子和贝拉放入四轮马车，把摇椅、座钟和装衣服的小木箱放进农用马车里。他们一起回到小巷尽头那间小屋里。屋内炉火已经点燃，床也已经铺好。花园里，母鸡在咯咯叫，蜜蜂嗡嗡飞舞，玫瑰花全都开了。科菲曾祖母说的第一件事就是："格丽茜，要是你把我放在醋栗树丛边，你去泡茶的时候，我就可以驱赶椋鸟。"

　　那天晚上，格丽茜尔达快乐地安顿太奶奶上床，给她洗净染在枯瘦的手指尖上的红色斑点，然后说："今天晚上，您要吃药。"

　　"不，我不吃，格丽茜，药太苦了。"

　　"不，您要吃，太奶奶，过后吃一颗糖。"

　　"吃两颗糖？然后你再给我讲个故事？"

　　"我给你讲巨人的故事，他长着三个头，住在铜制城堡里。"

　　"我喜欢那个故事。我想艾米莉·迪恩今晚也会很快乐。"

　　"好啦，太奶奶，现在吃药吧。"

　　"贝拉吃了么？"

　　"吃了，从没抱怨过一声。给您一颗糖，再给您一颗糖。让我扶您上床，现在静静地听我讲。从前，有一个巨人……"

“啊！”科菲曾祖母说。

“他长着三个头！”

“啊！”

“他住在一座铜铸的城堡里！”

“啊！”科菲曾祖母闭上了眼睛。

“睡吧，睡吧，睡吧！”快乐的格丽茜尔达唱了起来，“我为我的孩子舞蹈！我为我的孩子舞蹈——！”

相思鸟

　　街道尽头有一所学校。街道右侧的角落里坐着吉卜赛人老戴娜，她的鸟笼里养着一对相思鸟。街道左侧的角落里坐着卖鞋带的苏姗·布朗。苏姗认为自己九岁了，但她并不是十分清楚。至于老戴娜的年纪，实在太老难以记住，她早就给忘了。

　　每天中午十二点半放学的时候，活泼可爱的孩子们跑出校门往家赶，苏姗·布朗才记起是吃午饭的时候了，于是她拿出一片面包，抹上奶油，开始一面吃面包、一面欣赏小女孩们扎头发的绸带和小男孩们脚上尚未开裂的靴子。他们的鞋带断了，经常就打个结接上。你能想象这会是什么样子的鞋带，但苏姗·布朗并不指望孩子们上前来，用他们的零花钱从她那里买一副新鞋带。他们的母亲从商店里为他们买鞋带。他们要钱是想买别的东西，主要是想买一盎司牛眼糖，或者买个气球。小女孩子用零钱买珠

147

子、雪梨糖或一束紫罗兰。但是，几乎每天都至少有一两个小女孩或男孩子在老戴娜的相思鸟前停下脚步，拿出零花钱说："请为我算命。"

因为相思鸟是十分神奇的鸟儿！它们看上去很神奇，长着绿草般光滑的身子和一条长长的蓝色尾巴。它们的神奇之处在于，只需付一个便士，它们就能为你抽签算命；算命的费用，没有比这更便宜的了。

每当有孩子用一便士来买一次算命时，老戴娜总会说："把手指放到鸟笼里，好孩子！"孩子这样做的时候，其中一只相思鸟便会跳到他的手指上，两个翅膀一阵扑腾。然后，老戴娜拿出一小包算命纸签，分为粉红、绿色和紫色三种，将纸包挂到鸟笼的门外面。神奇的相思鸟就用它的弯喙从纸签堆中叼出一张，递给孩子。可相思鸟怎么知道孩子该得到哪支签才算对呢？怎么能挑出一张张说出马蓉、西里尔和休各自命运的纸签呢？孩子们聚在一起琢磨那些彩色的小纸条，都觉得很神奇。

"马蓉，你的命怎么样？"

"我要嫁给一个国王。是张紫色签。西里尔，你的怎样？"

"是张绿色签。我要去做一次长途旅行。海伦的怎么样？"

"我得到一张黄色签，"海伦说，"说我要生七个孩子。休，

148

你的签怎么样？"

"说我无论做什么都能取得成功。是张蓝色签。"休说道。然后他们各自回家吃午饭。

苏姗坐在那里，凝神细听他们说话。算一次命真好！她要是有一便士就好了！可苏姗从来没有过多余的一便士。

可是有一天，在孩子们走后，老戴娜在阳光下打盹，发生了一件愉快的事情。由于意外，相思鸟的鸟笼门没有关严，一只鸟儿跳了出来。老戴娜在街角里睡觉，因此没有看见。可苏姗头脑清醒，看见了这情景。她看见那只绿色的小鸟从它的栖息地跳出来，飞到了人行道上。她看见它沿着路缘石跑了一段路，她看见水沟里潜伏着一只瘦猫。她心中一颤，不由得跳了起来。她抢在猫的前面，一边跑过马路一边叫道："嘘！"

猫掉头走开了，仿佛它刚才根本就没想干坏事。苏姗把手伸向相思鸟，鸟儿跳到了她的手上。在夏日让一只相思鸟坐在你的手指上，是一件人人向往的愉快事情。那是苏姗一生中遇到的最快乐的事情，而且还不止于此。因为就在她俩走到鸟笼门口时，相思鸟伸出长嘴，从小包里叼出一张粉红色的纸签递给苏姗。她简直不敢相信这是真的，可那的确是真的。她将相思鸟放进鸟笼里，手里拿着算命纸签，回到属于她的角落里。

149

后来，马蓉、西里尔、海伦和休不再去上学了。他们早就丢掉了各自的纸签，把这件事全忘了。马蓉嫁给了一位青年化学家，西里尔整天坐在办公室里，海伦一直没有结婚，休从来就没做成过什么事。

可苏姗终身保留着那支签。白天，她将纸签放在衣袋里，晚上就放在枕头下面。她并不知道纸签里面说些什么，因为她不识字。可那是一支粉红色的纸签，她也不用花钱购买，那是相思鸟送给她的。

玻璃孔雀

安娜·马莉娅居住在伦敦最奇怪、最古老城区的一条最古怪的老巷子里。从前，这个地方原本是一个村庄。从山上看下去，成片的田野和纵横的阡陌把它与城市分割开来。后来，城市渐渐爬上山坡，田野被一座座房屋吞噬，阡陌变成了一条条街道。但是，由于山坡太陡峭，山路蜿蜒曲折，城市纵然发展到了山顶，也没能将村庄吞噬掉。要将所有稀奇古怪的狭窄山路改造成宽阔的大路，实在太麻烦。因此，有些地方就一直保持着原貌，安娜·马莉娅就住在其中一条小巷里。小巷横跨于两条大路之间，可供行人过路，但是不能通车辆。两条大路在不远处交汇，因此没必要再将安娜·马莉娅住的这条小巷变成交通要道，这条小巷里的石板路大院也就保留了原貌，路两边有一些高矮不一的旧房屋，有几家简陋的店铺。因为路面铺了石板，又没有车辆经过，大院就

成了住在巷子里的孩子们玩耍的地方。就连附近其他街巷里的孩子，也常到"梅林大院"来玩耍。走街串巷的手摇风琴师，有时也到"梅林大院"来表演。有一天，摇琴师从巷子里经过时，看见一群孩子正围在小糖果店周围。糖果店出售棒棒糖，一分钱也能买到糖果。小店的一扇破旧的拱形窗，几乎伸到了人行道上。窗台离地面只有小女孩的裙子那么高，窗顶也只有成年人的衣领那么高。商店内又小又阴暗，要下三级台阶才能进到店里。那天，孩子们身无分文，只有安娜·马莉娅带着钱。她有整整一个便士。小弟弟威廉紧紧拉着姐姐拿钱的那只手，向她诉说着窗台的糖果罐里面哪些是他最爱吃的糖果。他了解安娜姐姐，别的孩子虽然不是她的亲弟弟、亲妹妹，也同样了解她。

"我喜欢甘草线糖。"威廉说。

"我喜欢奶油蜜饯。"玛贝尔·贝克尔说。

"我喜欢红白两色的耗子糖。"威廉说。

"牛眼糖很好吃。"多丽丝·古迪纳夫说。

"还有巧克力耗子糖。"威廉接着说，"我喜欢带长棍的条纹棒棒糖，还有红心馅的奶油巧克力。"

"雪梨糖。"基迪·法莫尔喃喃说道。

"里外都是雪白的那种。"威廉说。

就在安娜·马莉娅心里发愁，不知一个便士如何满足所有人愿望的时候，她看见了手摇风琴师，不禁叫了起来，"啊，来一曲风琴！"别的孩子也转过身来。"师傅，给我们摇一曲吧！"他们叫道。"给我们摇一曲！"风琴师却摇了摇头，"今天没空。"他说。安娜·马莉娅走上前，朝风琴师微微一笑，伸手拉了拉他的衣服。

"给他们演奏一支舞曲吧。"她说着，拿出那一便士。那天，真正起作用的是安娜·马莉娅迷人的微笑，而不是她的一便士。安娜·马莉娅是个相貌平平的小女孩，但她笑容迷人。只要微微一笑，人们就乐意为她做任何事情，因为安娜·马莉娅也总是乐于助人。这么说吧，她微笑着帮助别人，也用她独有的微笑赢得别人的帮助。梅林大院里整天都有人呼唤她的名字。"安娜，乔尼把自己弄伤了。""安娜，快来呀！鲍比和琼不知为什么事打起来了！""安娜，唔——呜！我把洋娃娃给摔坏了！"也有可能是成年人的声音，"安娜！我要离开一会儿，帮我照看一下孩子。"是的，大家都知道，安娜·马莉娅会随时帮他们治疗伤口、劝架、缝补洋娃娃并照看孩子。她不光是乐于助人，而且都能做好，因为别人也能做好她请别人做的事。

因此，风琴师因为她的微笑而停下来，演奏了三首曲子，没

有收她的钱。孩子们高高兴兴地免费跳了一阵舞，威廉买到四分之一便士的甘草线糖。安娜用剩余的钱全买了砂糖，这样每个孩子都可以用手指蘸糖来舔一下。轮到安娜自己的时候，手指蘸不起糖来了，于是她撕开小纸盒，用舌头舔光砂糖。

之后，风琴师穿过梅林大院，在捕鼠器商店外停下来演奏乐曲，那里是巷子里最宽的地方。孩子们也跟过去跳舞。有时，他的善意会使他得到一枚铜币，不过是否得到钱，他也并不计较。他总是每周来一次。

临近圣诞节，梅林大院周围的商店也开始显露出欢乐的气象。糖果店橱窗的中央放着一个身穿白布金箔的小仙女，玻璃瓶里出现了彩纸和廉价儿童玩具。果蔬店里的水果摊摆到了院子里，院内到处是常青树，在一个神奇的早晨还出现了许多圣诞树。街角杂货店的橱窗里摆满了红枣、无花果和水果蜜饯，清花糖罐里装满了姜糖；大街的大糖果店橱窗里不仅有一盆盆的布丁，还有一个足有一码大的圣诞节大蛋糕，上面放着用糖霜做成的知更鸟、风车、小雪人和拉着载满小玩具的雪橇的红色圣诞老人。这个蛋糕不久就会被切成小块，论斤出售。你一来就会注意到蛋糕上面的景致——要是你足够幸运，还能买到圣诞老人和雪橇！梅林大院的孩子们早已从让人眼花缭乱的橱窗里挑选好自己最喜爱的玩具、蛋糕和水果，安娜·马莉娅和威廉也像其他孩子一样挑选好了。当然，他们从来也不认为自己能够拥有仙女王后、圣诞树、大盒水果糖或那个不可思议的蛋糕，可他们多么渴望自己能得到这些东西啊！随着圣诞节日渐临近，那些更小一点儿但切实可行的希望在不同的家庭里变得更为具体了。鲍比的妈妈让他最好在圣诞节前夕把袜子挂起来，然后等到那时候再看。那意味着会有礼物。古迪纳夫一家会得到一个大食盒。梅布尔·贝克尔还要被带去看哑剧！杰克逊全家都要去朗伯斯区的奶奶家参加聚会。安乐窝里的孩子不论这个还是那个，都能或多或少得到一点儿礼物。

圣诞节越来越近，安娜·马莉娅也更加清楚，由于某种原因，今年圣诞节，她和威廉什么都得不到。事实果真如此。最后，姐弟俩只能从橱窗那里享受自己的待遇，整天都待在那里。安娜·马莉娅从来不吝惜在圣诞节的橱窗前"购物"。

"你想要什么，威廉？我想要那个仙女王后。你喜欢火车吗？"

"姐！"威廉说，"我想要仙女王后。"

"好吧，那她归你。我要那个音乐盒。"

他们来到点心铺门口："威廉，我们俩共要一个大布丁，还是一人要一个小布丁？"

"一人一个大布丁。"威廉说。

"要的。还有带金钟图形的红色饼干，我让他们把那个大蛋糕也送过来，好不好？"

"姐！"威廉说，"我要那个圣诞老人。"

"好吧，没问题。你可以要。"

在杂货店里，威廉"买"到一大盒水果蜜饯，在水果店里又"买"了一个好大好大的菠萝。然而，他却同意俩人只"买"一棵最大的圣诞树。由于安娜·马莉娅不吝花钱，俩人都"买"了好多礼物，圣诞节顺道"来访"的人也得到好多礼物。

圣诞节来了，很快又走了。橱窗里的货物开始被清空，好为来年做准备。梅贝尔·贝克尔去看了哑剧，而且哑剧的内容逢人便讲。安娜·马莉娅一连几个晚上都梦见哑剧，她认为有一个看过哑剧的朋友，自己也算很幸运。

日子一天天过去。转眼就到新年了。在主显节头一天的黄昏时分，安娜·马莉娅跪在梅林大院内的石板地上，重演白天输掉的一场粉笔游戏。她很高兴院子里没有别的孩子，这种情形在那里很少见。

她听到脚步声来到了身边，不过并没有立即抬头去看。等脚步声走过去之后，她才意识到，脚步声还伴随着叮当的轻微磕碰声。这时她才抬头去看。只见一位女人在巷子里缓缓而行，手里还拿着一样令人惊讶的东西。

"噢！"安娜·马莉娅惊叹道。

女人停住了。她手里拿的是圣诞树，一棵很小的圣诞树，只有十八便士一棵的树那么大。虽然是小树，却光芒四射！它闪闪发光，上面缀满对圣诞节有着奇思妙想才能发明的、十分精巧而光怪陆离的玻璃制品。有小煤气灯与烛台，各色闪光玻璃球，身着红色和银白色衣服的圣诞老人；有一串串花彩金银珠链、星星、花卉、像冰锥一样洁净的玻璃棒；还有玻璃制作的鸟儿，蓝鸟、黄鸟，仿佛振翅欲飞。其中最可爱的，是一只孔雀，浑身波光粼粼，闪着蓝光、绿光和金光，头上的花冠和长长的尾巴由细纤维玻璃制成，像丝绸一样。

"噢！"安娜·马莉娅惊叹道，"圣诞树！"

那女人做了一件意想不到的事情。她走到安娜跟前说："你喜欢它吗？"

安娜·马莉娅凝视着她，慢慢露出了笑容。女人将叮当作响的圣诞树放到了她的手上。

"这棵树，"她说，"要送给第一个说'噢'的小女孩！你就是那个女孩。"

安娜·马莉娅开始咯咯笑起来——连"谢谢你"都不会说了。

她只会咯咯地笑个不停。但是，咯咯的笑声最终变成了开怀大笑，似乎在最大声地说"谢谢你！"那个女人也笑了，然后便从梅林大院消失了。

威廉出现在那女人站过的地方："那是什么？"

"是圣诞树。是一个女人给我的。"

威廉在巷子里蹦蹦跳跳地边跑边喊："安娜·马莉娅得到一棵圣诞树，是一个女人给她的！"

人们汇聚而来。他们围着那棵树，一面看，一面用手去摸，羡慕不已。人群中频频发出"噢！噢！"的赞叹声。

"噢！瞧这个圣诞老人！"

"噢！瞧那些鸟儿，就像在飞一样，不是吗？"

"那些灯真的会亮吗，安娜·马莉娅？"

"噢！那些花儿好可爱！"

"你打算拿它怎么办呢，安娜？"

"今晚我把它放在床头上，"安娜·马莉娅说，"明天我要举办一次聚会。"

周围的人都流露出渴望的眼神。

"我可以来吗，安娜·马莉娅？"

"我能来吗？"

"我能来吗？"

"让我也来吧，安娜，好吗？"

"你们都可以来。"安娜·马莉娅说。

那天夜晚，那个幸福的夜晚，闪闪发光的美丽小树照亮了安娜·马莉娅的美梦——醒着的美梦，因为她压根就睡不着。她一直看着它，看不见的时候就用手去摸，用手指去抚摸那光滑的珠链，心里想象着那些易碎花卉和星星的轮廓，抚摸那只神奇的孔

雀丝绸般光滑的尾巴。她知道，明天晚上，人们将会分享她树上的饰物，但她也知道，自己独有的果实将会是那只孔雀。如果这样的话，它就能永远站在床边的圣诞树上，每天晚上，她都能抚摸由玻璃纤维制成的它的尾巴。

第二天到来了。聚会在吃过茶点之后举行。梅林大院里的每一个孩子都拿回家一个宝物。威廉想要圣诞老人，就遂了心愿。别的孩子没有要孔雀的。不知怎么回事，他们都知道安娜·马莉娅很想要孔雀，而且他们也承认，安娜应该从自己的树上拿走她最想要的东西。小莉莉·肯西特嘴里嘀嘀咕咕的，刚一说出"我想要孔——"就被哥哥用手捂住了嘴巴。他语气坚定地说："莉莉想要玫瑰花，安娜·马莉娅。瞧，莉莉，花蕊里还有一颗钻石呢。"

"噢！"莉莉贪心地说。

这样，当聚会结束之时，小圣诞树上空空如也，枯干的松针掉了一桌子，安娜·马莉娅得到了她梦寐以求的、长着长尾巴的神奇鸟儿。

当她安顿威廉上床睡觉时，他伤心地哭了起来。

"怎么了，丑小鸭？"

"我把圣诞老人摔坏了。"

"哦，威廉……你不会吧？"

"是的，就是摔坏了。"威廉十分伤心。

"别哭了，丑小鸭。"

"我要你的孔雀。"

"好吧，可以给你。别哭了。"

安娜·马莉娅把孔雀交给威廉。威廉拿着孔雀，抽泣着睡着了。到了半夜，他却将孔雀掉到了床下。安娜·马莉娅听到了孔雀摔碎的声音，因为她就睡在圣诞小树旁。整整一晚上，她的鼻孔里一直充斥着圣诞树的刺鼻气味，耳朵里一直听到窸窸窣窣的松针落地声。

梅林大院里每个孩子的房间里，都有一件可爱的东西（玻璃鸟儿、玻璃花卉或五颜六色的玻璃星星）伴随着他们的美梦，他们的梦也许持续一天、一周、几个月或一年，甚至要做许多许多年。

老怪物与少年

　　牧羊人丹塞尔住在半山腰的小屋里，但人们很少见他到村子里去。其实，他在小屋里住的时间，还不如在坚硬篱笆围起来的牧羊茅屋里住的时间长。他照料的羊群在那里生活，就像住在小村子里的本地人一样惬意。当丹有什么事出现在村里时，孩子们就跟着叫他"老怪物！"他用拐杖一吓，孩子们便一哄而散。难怪他不喜欢农民认为他该要个孩子来做帮手的想法。他似乎跟孩子们根本合不来，跟小内德·朱厄尔尤其合不来。

　　内德是个孤儿，与姑妈住在一起，他时刻盼望着能够出去干活的日子到来。虽然他还年幼，却渴望做个牧童，可就是不能给丹塞尔做牧童。在内德看来，牧羊人的生活是天底下最美好的生活，羊群会带给他激情。有一天，丹塞尔发现内德在羊圈附近鬼鬼祟祟的，两人的矛盾由此开始了。牧羊人把内德赶走，还骂

了一些脏话，内德则在远处辩解。这次事件之后，每当丹打村子里经过时，内德就会大声喊叫"老怪物来了！"他的声音比别的孩子都大。于是丹便会吼道："这些讨厌的孩子，内德·朱厄尔，你最令人讨厌！"尽管如此，内德还是多次前往山坡上，在羊群旁边偷偷地张望，但每次都会被丹给骂走。两人似乎成了一见面就吵架的冤家对头。

有一年的圣诞节前夕，山上被一场大雪覆盖，内德的姑妈着急地挨家挨户寻找内德。孩子失踪了。夜幕降临时，又一场暴风雨让村民们为他的命运而揪心不已。黎明时分，暴风雨减弱了。姑妈走到门口打算再去找他，却发现内德站在门口，活像个梦游的孩子。他讲了一个非常离奇的故事。一些大孩子告诉小家伙，在布里克奈尔山谷的雪地里长着一种长满浆果的悬钩子属植物。他像傻子一样去寻找这种植物，这时，暴风雪来临，他在山坡上迷路了。除了黑暗和一片刺眼的白雪，他什么也看不见。不久，他撞到了一座小茅草屋。茅屋的门开了，一个满脸大胡子的牧羊人把他抱了进去。

"天呀，瞧他那双眼睛！就像两颗闪亮的星星！"内德说，"他帮我暖和身子，让我好吃好喝。他整夜坐在我身旁，为我擦身子，小茅屋里闪烁着他眼睛的光芒。入睡之前，我只看得见他的双眼。

醒来的时候，我就站在了家门口。"

"那个牧羊人是谁？"他姑妈问道。

"不认识。我以前从没见过他。"

就在那个狂风呼啸的夜晚，"老怪物"也遇到一件事情，但他从没对人讲起过。外面刮起了暴风雪。他坐在小茅屋内抽烟的时候，突然听到"砰"的一声，什么东西撞到了茅屋门上。他打开门，发现雪地里躺着一个陌生孩子。丹把他抱进茅屋内，为他盖上被子，给他喂食，然后坐在一旁，为他搓热已被冻僵的四肢。男孩一句话也没说，只是用一个孩子从来不曾有过的目光看着牧羊人。他的眼睛就像天上的双子星座，小茅屋也因为眼睛的光芒而明亮起来。后来丹睡着了。当他醒来的时候，那个陌生男孩已经不见了。

在节礼日这一天，牧羊人因故来到山下的村子里。一两个男孩像往常一样高喊，"老怪物！"内德在这群孩子中正要跟着起哄，却无意间看到了丹的眼神。有好几秒钟，老人与男孩四目相对，凝视着对方，仿佛他们是素未谋面的陌生人，又像是相识已久的老朋友。内德闭住了嘴，丹默默地从孩子们身边经过，走向农场。在农场里办完事后，他顺便提及，新年想雇一个男孩一起干活。

"好呀，这样很好，"农夫说，"你想雇谁？"

  "那个叫内德·朱厄尔的小孩，干活儿一定不比别的孩子差。"

  "他愿意去吗？"农夫问。他了解两人之间的过节。

  "我想他会愿意的。"老怪物说。

  内德出人意料地答应了。在新年第一天，少年和年老的牧羊人走到了一起。